아직도 돈으로 키우려 합니까?

사교육
없이도
잘　만
큽니다

사교육 없이도 잘만 큽니다

초판인쇄	2022년 11월 04일
초판발행	2022년 11월 11일

지은이	이경숙
발행인	조현수
펴낸곳	도서출판 프로방스
마케팅	최관호 최문섭
IT 마케팅	조용재
교정교열	이승득
디자인 디렉터	오종국 Design CREO

ADD	경기도 고양시 일산동구 백석2동 1301-2
	넥스빌오피스텔 704호
전화	031-925-5366~7
팩스	031-925-5368
이메일	provence70@naver.com
등록번호	제2016-000126호
등록	2016년 06월 23일
ISBN	979-11-6480-268-5 03810

정가 16,000원

아직도 돈으로 키우려 합니까?

사교육
없이도
잘 만
큽니다

이경숙 지음

 프로방스

육아는 결과가 아닌 과정

며칠 전 한 지인이 사진을 보내왔다. 사진 속 지인의 딸은 외국인들과 같이 사각모를 쓰고 있었다. 딸이 학교 다닐 때는 공부를 너무 안 해 아무리 시키려고 해도 안 됐는데, 두 아이의 엄마가 된 40의 나이에 캐나다에서 간호학으로 학위를 받았다고 했다. 그런 딸이 자랑스러워 알리고 싶어 보냈단다. 그런데 그 딸은 공부가 재미있어 더 하고 싶다며 미국으로 갈 계획이라고 한다.

필즈상을 수상한 허준이 교수는 초등 2학년 때 구구단을 외우지 못해 어려움을 겪었다고 해 화제가 되었다. 그런 그가 중학교 3학년에 수학이 재미있어 과학고에 가고 싶어 했다. 하지만 너무 늦었다는 말을 들었단다. 대부분 초등학교 4~5학년,

늦어도 중학교 1학년 때 쯤에는 준비하기 때문이다. 수학을 좋아했지만, 대학교에서 F 학점을 여러 번 받을 정도로 흥미를 느끼지는 못했다. 그러다가 4학년 때, 히로나카 헤이스케 교수의 강연을 듣고 대학원에서 수학을 전공했단다. "악보만 보던 사람이 처음으로 음악을 들은 기분이었다." 헤이스케 교수의 강연을 듣고 난 후의 벅찬 감정을 허준이 교수는 이렇게 표현했다.

허준이 교수 이야기는 우리나라 교육의 민낯이다. 선행학습과 문제 풀이 중심의 평가 방식이 그것이다. 악보를 보며 연주하는 법을 가르치는 것이 아니라, 이 노래는 어떤 화음을 사용했고 어떤 장조인지를 맞히는 것으로 평가한다. 지인의 딸은 공부를 싫어했다. 하지만 흥미를 느끼자 새벽 4시에 일어나 공부하고, 아이들을 돌보며 밤늦게까지 공부하는 학생이 되었다. 악보가 음악이라는 것을 깨닫게 된 것이다.
우리 아이가 지금 당장 잘해주길 바라고 더 좋은 학교에 가서 더 나은 직장을 다니면 좋겠다고 생각하는 부모들이 많다. 그런데 따라주지 않거나 결과가 좋지 않으면 맘이 편치 않다. 하지만 앞에서 든 예처럼 정말 공부할 사람은 자신의 필요에 따라 언젠가는 하게 된다. 지금은 언젠가 하고 싶은 그 마음, 즉 흥미를 느낄 수 있도록 기본만 잡아주면 된다. 기본만 있으면 그때가 어느 때이든 하고 싶은 마음이 생겼을 때는 언제든 할 수 있다.

대학교 3학년 때, 나보다 나이가 많은 친구도 여럿 있는 새마을 학교에서 학생들을 가르치기 시작했다. 이후로 학원에서, 집에서, 학습지 관리 교사로, 학원장으로, 일선 고등학교의 집단 진로 상담사로 학생들을 만난 지가 30여년이다. 학생들과 같이하는 시간이 좋아 요즘엔 온라인으로 독서지도를 하고 있다. 네 딸의 엄마로 아이들을 제대로 키우고 싶어 아이 잘 키웠다는 분들을 찾아다니며 조언도 많이 구했다. 가까운 곳에 그런 분이 있다고 해서 출산한 지 한 달도 안 된 퉁퉁 부은 몸으로 달려가 조언을 구한 적도 있다. 언젠가 기회가 되면 그때의 경험들을 후배들에게 조금이나마 나누고 싶다고 생각했다.

1장에서는 일반적인 부모들의 사교육과 관련된 어려움을 알아보았다. 어려운 가운데에서도 기다려주는 부모가 되었으면 하는 맘도 같이 실었다. 2장부터 4장까지는 아이들을 키웠던 경험 중 사교육비를 들이지 않고도 자기 주도성을 잡아주었던 내용으로 채웠다. 특히 아이들이 꿈을 갖고 스스로 할 수 있도록 동기 부여를 해줬던 부분과 공부 습관을 잡기 위해 운동과 명상, 스스로 계획 짜기, 계획에 맞게 실행했던 방법 등을 실었다. 5장에서는 어려운 상황도 극복하려고 마음먹으면 할 수 있다는 것을 보여 주고자 했다.

이쯤에서 책 제목에 대해서 짚고 넘어가고자 한다. 본문 중에도 언급되지만 둘째와 넷째는 과학고 준비하는 학원에 2년 정도 다녔다. 영현이는 공부를 좀 더 했으면 하는데도 스스로 잠깐 공부해도 학교 성적을 유지하는데 무리가 없어 집에 돌아오면 늘 노는 것처럼 보였다. 저러다 공부에 대한 흥미조차 잃는 게 아닐까 싶을 정도였다. 늘 3개 학년 위인 언니와 영어도 같이하고 책도 거의 비슷하게 읽어서 인듯했다. 그래서 수준이 비슷한 아이들이 있는 곳을 찾아봐야 했다. 학원의 특목고 반에 한 달만 다녀보기로 했다. 집에서 3~40분 거리의 학원이라 처음에는 싫어했다. 하지만 그 곳 아이들과 배우더니 생기가 넘쳤다. 진로에 대한 생각도 달라졌다.

이진이는 고등학생인 작은언니나 대학생인 큰언니가 읽는 책을 읽기 좋아했다. 집에서 혼자 놀 때도 그냥 책만 보는 게 아니라 실험이나 뭔가 만들어 볼 것이 있으면 더 재미있어 했다. 초등학교에서 영재교실, 중학교에서 영재원에 다니며 자연스럽게 과학고에 관심을 갖게 되었다. 아이가 관심 있어 하는데 그냥 모르는 체하기 쉽지 않았다. 과학고 준비하는 학원에 본인이 다니고 싶어 해, 작은 언니가 처음 시작했던 때인 중1 여름방학에 시작했다. 또 세연이와 영현이가 영어 기초를 잡을 동안 동네 공부방도 다녔고, 가끔 아이들이 꼭 필요하다고 할 때는 잠시 사교육의 힘을 빌기도 했다.

'사교육 없이도 잘만 큽니다' 는 상징적인 의미다. 어릴 적 스스로 하는 힘을 기르게 되면 공부뿐만 아니라 처한 상황에서 적극적인 아이들이 되더라는 내용을 전달하고 싶은 마음에서 제목으로 잡았다.

어느 누구든 항상 성공만 하면서 살 수는 없다. 실패에서 좌절하며 머물러 버리면 그건 실패지만 그 실패에서 배울 점을 찾았다면 경험이 된다는 이은대 작가님의 말씀이 떠오른다. 네 명의 아이들이 어찌 제대로 된 길만 갔겠는가? 세연이는 전교생 중 유일하게 의대 약대를 지원할 수 있는 자격이 있다며 여러 의대와 약대의 수시 원서를 들고 서울시내 대학교를 꽤나 많이 투어했다. 하지만 본인이 원하던 대학이 아닌 학교에 수시 합격해, 다녔다.(그때는 수시 원서 제한이 없어서 넣고 싶은 만큼 넣던 때였다.) 과학고 준비학원에서 얘가 떨어지면 우리 학원에서 과고에 갈 수 있는 학생이 없다고 말씀해주셨는데, 40명이 지원했던 과학고 시험에서 당일 컨디션 조절이 안 돼 고배를 마셨던 영현이. 예체능에 소질이 있다는 걸 알면서도 아이가 많아 예체능을 시켜주지 못해 일반 대학으로 진학했던 하정이. 1년 선배들 같았으면 고2 성적만으로도 충분히 카이스트에 합격할 수 있는 아이라는 말씀을 들었지만 3학년을 마쳤어도 설

카포(서울대, 카이스트, 포항공대)에 가지 못해 속상해 했던 이진이. 하지만 모두들 자신의 어려운 상황에서도 꿋꿋이 견뎌내며 금융 공기업에서, 삼성연구원으로, 공군 관제 일을 하며, 서울대 대학원에서 자신의 꿈을 향해 가고 있다. 실패에서 얻은 경험을 통해 새롭게 도전할 수 있는 힘을 얻었기 때문이리라. 그런 맥락에서 볼 때 지인의 딸이나 허준이 교수도 실패를 통해 이룬 결과였을 것이다.

우리의 아이들도 언젠가는 실패와 맞딱뜨릴 수밖에 없다. 그때에 주저앉지 않고 스스로 제대로 설 수 있는 힘을 가진 아이로 키우고 싶은 마음은 모든 부모의 바람 일 것이다. 엄마가 많은 힘을 들이지 않고도 주도적인 아이로 키우고 싶은 분들에게 도움이 되었으면 하는 마음이다. 학원을 할 때, 육아에 대해 상담하러 오는 엄마들마다 서로 다른 고민으로 물어올 때가 많았다. 각기 다른 예를 얘기해주면서 가끔은, 전에 물어왔던 엄마한테 대답 못 해줬던 부분이 있었는데 이 사례를 얘기해줄 걸 하며 나중에야 떠올라 안타까웠던 적도 있었다. 먼저 걸어가 본 육아 맘의 사례가 지금 육아의 길을 걷고 있는 육아 맘, 육아 대디에게 참고할 만한 친구의 사례처럼 느껴졌으면 하는 맘으로 집필을 결심했다. 육아는 결과가 아닌 과정의 연속이기에 과정에서 옆에 두고 참고할 수 있는 책이 되었으면 하는 맘이다. 정답은 아니지만 이런 방법도 있다는 사례로 받아들였으면 좋겠다.

2022년 10월 가을날에...

저자 **이경숙**

Contents

차례

Part_03
놀이처럼 습관 잡는 방법

Part_05
자존감을 심어주면 사교육비가 줄어듭니다

PART
01

사교육비 앞에
부모는 무너집니다

한 달 사교육비 200만 원

*

얼마 전 친구 집에 놀러 갔다. 1년 전에 결혼한 딸 소식을 물어보다가 '아, 요즘 젊은 부부는 이렇게도 사는구나.' 하고 놀란 적이 있다. 결혼하면 당연히 아이를 가져야 한다고 알고 있는데 신혼부부가 아이를 갖지 않기로 했단다. 잠시 멍했다. 조심스럽게 물어봤다. "왜, 그렇게 결정했대?" "요즘 아이 키우기가 얼마나 힘든지 알지?" 도리어 내게 물었다. 맞다. 아이 한 명 키우기가 쉽지만은 않다. '한 아이를 키우는 데 온 마을이 필요하다' 라는 아프리카 속담은 부모의 돌봄뿐만 아니라 수없이 많은 사람의 보이지 않는 관심과 배려가 필요하다는 의미일 것이다. 어린이를 대상으로 한 크고 작은 범죄들, 왕따 문제, 아이 학습 문제 등. 아이 키우는 일은 만만치 않다. 더구나 요즘은 절반 이상이 맞벌이 부부다. 일하는 엄마가 직장 일과 육아를 병행하기란 쉽지 않다.

친구 딸이 가장 부담스러워하는 것이 교육비라고 했다. 아이의 재능이나 능력에 맞게 교육하려면 공교육만으로는 부족할 것 같고, 사교육을 시키려니 시간과 비용 때문에 자기 생활이 없을 것 같단다. 친구 딸 부부가 아이를 갖지 않기로 한 이유였다. 부담이 그 정도로 큰 걸까? 사교육이란 형편 내에서 시키는 것이란 생각을 가졌기에 처음에는 친구 딸의 결정을 이해하지 못했다. 집에 돌아와 여러 자료를 찾아본 후에야 이해할 수 있었다.

2020년 4월 17일 한국 보건사회연구원의 통계 자료를 읽게 되었다. 우리나라의 출산율 저하 이유는 결혼 자체가 감소한 것을 감안하고도 '경제적 불안정'에 이어 '아이 양육 및 교육비용 부담'이 2위를 차지하고 있었다. 우리나라가 세계에서 양육비 부담이 가장 크다는 분석도 나와 있었다. 미국 투자 은행인 제프리스 금융 그룹(JEF)이 베이징의 유와인 연구소 자료를 활용해 분석해보니 한국은 아이를 낳아 18세까지 기르는 데 드는 비용이 1인당 국내 총생산(GDP)의 7.79배(2013년 기준)에 이른다는 것이다. 이는 미국과 일본, 독일 등 선진국의 2배 수준이며 현재 가치로 환산하면 3억 원에 달하는 액수다(매일경제 22년 4월 12일). 양육비에는 사교육비도 포함된다.

부모들이 갖는 사교육비 부담은 생각보다 크다. 그럼에도 불구하고 부모의 대부분은 사교육을 시키고 있다. 이유가 무엇일까? 내 아이만은 잘 키우고 싶다는 마음에서일 것이다. 모든 사람에게 똑같이 제공되는 공교육만으로는 내 아이를 더 잘 키우기에 부족하다고 느끼기 때문이다. 부모이기에 내 아이만은 더 잘 키우고 싶은 맘이 앞설 수밖에 없다.

사교육은 왜 필요하다고 느끼는 걸까? 2022년 3월 11일 통계청 발표 자료에 그 답이 있다. 선행학습을 위해, 진학 준비를 위해, 학교 수업을 보충하기 위해, 보육이나 불안 때문에, 그리고 친구 사귀기 등이 그 이유이다. 각각의 이유는 아이의 나이와 처한 상황에 따라 다르다. '선행학습을 위해' 사교육을 받는 학생은 초·중등 학생과 비교하면 고등학생이 훨씬 적다. 선행학습은 한두 학기 또는 한두 학년을 앞서 공부하는데 고등학교에서는 이미 더 이상 선행학습이 필요하지 않기 때문이다. 그들에게는 대학입시를 위한 공부만이 큰 숙제이다. 그래서 '진학 준비를 위해' 사교육이 필요하다고 생각하는 학생은 고등학생이 월등히 많다. '학교 수업 보충을 위해' 사교육을 받는다고 한 경우는 초·중·고 학생들의 차이가 크지 않다. 학교에서 배우는 내용을 한 번 더 들어서 내 것으로 만드는 과정을 거치고 싶어서일 테니. 그렇게 보충하고자 하는 마음은 초·중·고생 누구에게나 있을 수밖에 없다. '보육'이나 '친구 사귀기', '우리 아이만 시키지 않아 불안해서' 사교육을 시키는 경우는 초등학교가 많다. 부모가 일을 하기 때문에 퇴근 전까지 아이를 맡아줘야 할 기관이 필요해서이다. 또 친구들이 모두 학원에 가 있기 때문에 집에만 있으면 친구들과 같이 어울릴 시간이 없어 친구 따라 학원에 가는 경우도 초등학생이 많다.

사교육을 시키면 원하는 만큼 성적이 좋아질까? 혼자 공부할 때나 학원에 보낼 때나 성적 차이가 없더라고 하는 사람도 많다. 아이가 공부하길 좋아하지 않아 학원 대신 과외를 시켰던 친구가 있다. 선생님이 내 아이만 봐주기 때문에 아이가 공부를 더 잘할 수 있지 않을까 기대하고 시켰다고 했다. 그 아이는 자신이 원하던 대학보다 훨씬 낮은 대학에 갔다. 아이가 대학생이 되었을 때, 엄마가 초등학교 때 과외 했던 선생님을 길에서 우연히 만나 이야기 나눈 적이 있다고 했다. 그 과외 선생님은 아이가 너무 숙제를 하지 않아 답답하고 속상했다고 말했단다. 잠시 숨이 턱 막히더라고 했다. 그 사실을 그때 알려 줬더라면 다른 방법을 찾았을 터인데, 내 아이가 '머리가 안 돼 성적이 오르지 않는 것'이라 지레짐작하고 방치해버렸다는 생각에 속상했다고 했다.

반대로 사교육의 효과를 본 사람도 많다. 아이 친구 중 한 명은 자율형 사립고에 입학했다가 경쟁이 심한 학교 상황을 견디기 힘들었는지 1학년을 마치고 일반고로 전학했다. 기초 실력이 있어 충분히 좋은 대학에 진학할 수 있겠거니 하고 믿고 있었는데 원하는 학교에 가지 못했다. 대학에 다니면서 공부에 흥미도 없었다. 그런데 몇 년 후 동생이 서울대에 진학하자 자존심이 상했는지 엄마에게 기숙형 학원에 보내달라고 했단다. 학원비가 부담되었지만, 아이가 맘먹은 것이 기특해 엄마가 건설 현장에서 일하면서까지 지원했고, 결국 최상위권 대학에 입학했다.

내 아이가 많기도 하지만, 학원을 운영하였기에 여러 아이가 성장하는 모습을 오랜 시간 지켜볼 수 있었다. 지금의 성적보다 대학에 입학할 때의 성적이 중요하고, 대학 이름보다는 사회에서 어떻게 자리 잡느냐가 중요하다는 것을 느꼈다. 그리고 대학교 진학은 현재의 성적과 비례하지 않았다. 선행학습이나 보충학습과 같은 사교육이 절대적인 영향을 미치지도 않았다. 아이가 공부에 흥미를 갖는 것이 중요하고, 그 마음과 욕심을 유지할 수 있는 공부 습관을 지니고 있는지가 더 중요했다.

사교육을 시키고 안 시키고는 각자의 선택에 달려있다. 매주 주말 남편은 혼자 등산을 간다. 혼자 가는 등산이라 문을 나서는 것이 가장 힘들다고 한다. 문밖만 나가면 언제 그랬냐 싶게 몸도 마음도 가볍단다. 사실은 문밖으로 나서는 것보다 토요일 아침 일찍 포근한 잠자리에서 일어나는 것이 더 힘들다는 말도 했다. 그래도 한 번도 빠지지 않고 주말이면 산에 간다. 한 번 빠지면 다음에 가기 싫어질까 봐 그냥 간다고 했다. 다른 사람과 같이 다니지 않는 이유도 같다고 했다. 개인 일정에 따라 한 사람 두 사람, 한 번 두 번 빠지다 보면 게을러질 수 있다는 것이다.

공부도 마찬가지다. 혼자 할 수 있고, 공부 속도가 다른 사람과 다르다면 혼자 하는 것이 낫다. 학교에서는 학습 수준이나 학습 속도의 편차가 심한 학생들이 한 반에서 수업을 받는다.

학원에서는 학생 수준에 맞게 수업을 진행하려고 하지만, 그런 학원조차도 반 학생의 중간 또는 다소 높은 수준에 맞춰 가르친다. 혼자 할 수 있다면 혼자 하는 것이 좋다. 그러나 아이의 성향이 친구들이 있어야 자극받고, 친구들이 많은 곳에서 실력을 발휘하거나, 아니면 억지로라도 끌었을 때 따라가는 아이라면 학원에 보내는 것이 나을 수 있다. 학원을 보내고서 엄청난 성적 향상을 기대하는 것은 욕심이다. 아이가 공부하는 습관을 형성하고, 공부에 대한 흥미와 의욕을 갖도록 하는 것이 더 중요하다.

어떤 부모든 내 아이가 잘됐으면 하는 바람은 인지상정이다. 그런데 대부분의 부모는 내 아이만 잘되기를 바란다. 옆집 아이와 비교해서, 친구들 중에서 '내 아이만' 이라는 생각에서 모든 교육의 문제가 시작된다. 사교육이든 공교육이든 입시제도에 관한 문제든 어제의 나보다 나은 실력이, 어제의 나보다 좋은 습관이, 어제의 나보다 나은 통찰력이, 다른 사람과의 비교가 아닌 이전의 나와 비교해 얼마나 성장했는가가 교육의 본질인데도 말이다.

02

다들 시키는데 안 시키면 불안해요

*

딸 친구 중에 이제 막 돌이 지나는 아이의 엄마가 있다. 벌써 아이의 영어를 위해서 세이펜이 있는 학습지를 신청했다고 한다. "우리말을 하기도 전에 영어를 먼저 해야 할까?"라며 딸이 물어왔다. 이렇게 돌쟁이부터 공부시킨다는 학습지와 학원이 있으니, 요즘 젊은이들은 아이를 갖기 전부터 아이 교육을 걱정한다. 교육비가 부담스러워 결혼은 해도 아이는 갖지 않겠다는 사람도 늘고 있다. 이렇듯 아주 어린 아이라도 사교육이 필요하다고 생각하는 사람들이 있기 때문에 사교육 시장이 있다. 원하는 사람이 선택하는 시장이다. 남들은 다 시키는데 내 아이만 안 시키면 우리 아이만 뒤처지는 건 아닐까 하는 불안감이 든다. 이런 불안감을 이용하여 사교육이 필수인 듯 자리 잡았다. 학부모의 불안한 심리를 이용하여 세를 확장해가고 있다. 교내의 성적순 차별을 없애고, 진학 결과에 대한 현수막을 게시하지 못하도록 요구해왔음에도 불구하고 그것이 근절되지 않을 뿐 아니라 불안감마저 조장하는 학원들이 많다. 심지어 공교육에도 연결돼있는 대형 사교육 업체조차 초등학생들에게 전국석차를 알려 주겠다는 프로그램을 만들어 '사교육 걱정 없는 세상'이 고발하기도 했다. (2020.02.13.)

학원을 운영하던 시절이었다. 한 엄마가 초등 고학년과 중학교 입학을 앞둔 남매를 데리고 왔다. 상담 도중 아빠 직업 이야기를 했다. 아빠는 개인사업자인데 소득이 거의 없고 주로 집에 있다고 했다. 엄마는 작은 제과점에서 일하고 있는데, 급여가 꽤 낮았다. 두 아이를 학원에 보내게 되면 생활에 부담이 가지 않겠느냐고 물었더니, 그래도 남들은 다 학원에 보내는데 우리 아이들만 그냥 두려니 맘이 불편하다며 "잘 가르쳐만 주세요." 했다. 할 수 있는 만큼의 혜택을 제공하기는 했지만 학원 운영도 만만치 않았던 터라 엄마 입장에서는 흡족하지 못했을 것이다.

마트에서 계산원 일을 하는 엄마가 고등학생인 큰아이 과외를 시키고 싶다며, 나를 통해 우리 둘째에게 과외 문의를 해왔다.

형편이 넉넉해 보이지 않은데 과외를 하겠다고 했다. K대 4년 장학생인 영현이는 그 당시 과외를 두세 명 하고 있었다. 시간 상으로 빠듯한데도 나를 통해 형편이 어렵다는 얘기를 들은 터라 다른 학생들보다 낮은 과외비로 해주겠다고 약속했단다. 그 엄마는 큰아이를 좋은 학교에 보내고 싶어 과외를 시작했는데, 과외비 때문에 늘 힘들어하는 걸 보고 언니가 매월 도와줬다는 이야기를 나중에야 했다. 도와주려는 마음으로 했는데도 그 말을 들으니 미안한 생각이 들었다.

가계가 어려운데도 사교육을 하지 않고는 불안하여 어려운 형편에도 사교육을 이어가고 있는 사람들은 참으로 많았다. 투자했던 부동산이 부도가 나 전 재산을 잃고 지하 단칸방으로 이사하게 됐다며, 학원 교육비는 나중에 낼 테니 우리 아이 교육만은 계속해달라고 사정했던 엄마. 결국 다음 학기에 밀린 수강료를 납부하지 않고 멀리 이사해 감감무소식이었다. 또 아이는 정말 열심히 하고 똑똑한데 몇 개월 분 수강료와 특강비를 밀렸다가 가끔 와서 한 달씩 카드 납부를 하며 3개월 할부 결제하던 엄마 등 열거하기조차 어려울 만큼 많은 경우를 보았다.

사교육은 필수가 아니다. 부모나 아이가 필요하다는 생각에 선택할 뿐이다. 공교육을 보완하고자 교과목을 배울 수도 있다. 공교육에서 담당하지 않는 분야를 가르치는 과정도 많다. 공교육에는 없지만, 우리 아이에게 필요하거나 아이가 관심 있어 하는 분야를 가르쳐 주고 싶어 학원을 선택할 수도 있다. 이렇게 필요해서 하는 경우, 사교육은 학부모나 아이에게 또 다른 기회를 제공해주는 셈이다. 하지만 부모가 아이의 관심사나 상황, 역량 등을 고려하지 않고 사교육에만 의존하려고 한다면 문제가 생길 수 있다. 혼자서도 잘하는 아이를 학원에 보내면 '스스로 하는 능력'이 퇴화한다. 시간에 쫓기다 보니 스스로 생각하며 풀어내야 할 문제들을 방치하고 모르는 체하여 문제 해결력이 떨어질 수도 있다. 불안하다고 모든 것을 사교육에 맡기면 교육비 감당이 어려워지기도 한다.

사교육을 시작하면 계속 사교육의 도움을 받아야 한다고 생각하는 부모들도 많다. 그런데 아이가 원하지 않거나 경제적으로 부담된다면 모든 걸 내려놓고 정리해 볼 필요가 있다. 꼭 필요한 사교육인지, 지금 하는 것에 대한 대안은 없는지 고민하고 찾아보면 또 다른 방법이 보일 수 있다. 아이 스스로 할 수 있는 방법뿐 아니라 친구들끼리 스터디그룹 형태로 하는 방법도 있다.

이진이가 과학고에 다닐 때 친구들 몇 명이 금요일 오후에 모여서 스터디를 했다. 아이마다 자신 있는 과목을 맡아 서로 공부를 도와주는 방식이었다. 일주일 중, 주중에는 기숙사에 있고 주말만 밖으로 나올 수 있어서 기숙사에서 나오는 날을 잡아서 했다. 친구를 가르쳐야 하므로 스스로 수업 시간에 집중도 잘하게 되고, 친구에게 가르치는 동안 자신의 실력도 향상될 수 있어 일석이조라고 할 수 있다. 친구끼리 하는 그룹스터디는 아이들 부모님 중에 한 분이라도 관심을 가지고 도와줄 수 있다면 더욱 좋을 듯했다.

또 엄마들끼리 분야를 나눠 지도하는 것도 한 방법이다. 동네의 한 엄마가 자기는 종이접기에 자신 있다며 우리 아이들을 데려다가 종이접기를 지도하겠다고 했다. 나에게는 아이들 책 읽기를 지도해달라고 해서 한동안 같이 한 적이 있다. 어렵다고만 생각하지 말고 서로 품앗이 교육을 해보는 것도 추천한다.

어린 학생을 둔 워킹맘의 경우 사교육은 육아의 한 부분이기도 하다. 엄마·아빠 퇴근 시간까지 아이를 보살펴 줄 어떤 시스템이 필요하기에 학교에서 실시하는 방과 후 수업이나 학원을 적절하게 이용하면 된다. 방과 후 수업 또는 학원을 선택해야 한다면, 보육에 초점을 맞출 것인지 학습에 초점을 맞출 것인지 고민해봐야 한다. 보육이라면 아이가 편하게 할 수 있는 예체능 쪽을 추천한다. 학습에 초점을 맞춘다면 아이가 관심 있어 하고 잘 할 수 있는 과목으로 권하고 싶다. 잘 할 수 있는 과목에서 얻은 자신감을 잘하지 못하는 과목에 적용할 수 있기 때문이다. 특히 학습에 초점을 맞출 때는 아이가 흥미를 갖고 잘하는 과목을 선택하는 것이 중요하다. 흥미가 없는데 몇 개월씩 학원에 다니며 집중력을 유지하기란 쉽지 않기 때문이다. 부족한 과목은 방학 기간을 이용하자. 기간이 짧아 집중할 수 있고, 혼자 이 궁리, 저 궁리하면서 스스로 생각해 보게 하면 좋다. 부족하다고 아이가 불안감을 느끼게 해서도 안 된다.

학부모에게 불안감을 조장하는 사교육 마케팅. 나만 홀로 모른 척하기란 쉽지 않다. 하지만 아이의 소화능력과 부모가 감당할 수 있는 범위를 생각해봐야 한다. 부모가 중심을 잡아야 한다. 언젠가는 필요하겠지 하는 맘으로 하고 있는 사교육이라면 과감히 정리할 필요도 있다. 아이가 받아들인다면, 아이와 관계가 나쁘지 않다면, 아이와 의논하며 자기 주도적으로 할 수 있도록 도와줘도 좋다. 같이 머리 맞대고, 아이의 미래를 그려보며, 함께 로드맵을 짜보는 것도 좋다.

03

부모가 능력이 안 돼서 속상해요

*

TV에서(2021.08.17. SBS) 흥미로운 뉴스를 본 적이 있다. 대치동 학원가를 찾은 한 지방 고등학생의 사연이었다. 방학 동안 공부할 경비를 조사하기 위해서였다. 학원 특강비 250만 원에 생활비와 월세, 식비를 합하면 500만 원이 넘었다. 아이는 인터뷰에서 부모님을 걱정했다. '좋은 교육 환경'이라 하여 찾았지만, 부모님에게 감히 말을 꺼내기도 힘든 돈이 필요했다. 부모 입장에서는 내가 능력이 있어 아이가 원하는 만큼 뒷바라지해 줄 수 있으면 좋겠다고 생각할 수 있다. 아이는 '부모님이 강남 부자처럼 돈이 많으면 더 좋은 학원에서 좋은 수업을 들을 수 있지 않을까?' 하고 생각할지도 모른다. 하지만 아이가 원하는 만큼, 부모가 원하는 만큼의 욕구를 채우기란 쉽지 않다. 욕심은 자꾸 자라기 때문이다. 또 이미 대부분 부모가 여건이 허락하는 한도에서 최고 수준의 '교육'을 시키고 있기 때문에 좀 더 좋은 환경을 찾다 보면, 있으면 있는 대로 없으면 없는 대로 추가적인 교육비 지출은 부담이 될 수밖에 없다.

교육비 지출을 늘린다고 아이의 실력이 향상될까? 흔히 공부 잘하는 아이가 많이 다니는 학원이 좋은 학원이라고 말한다. 성적이 좋은 학생들이 모이니 그 수준에 맞춰 수업 내용도 심도 있을 가능성이 크다. 내 아이가 그 수업을 따라갈 기초 실력을 갖추지 못했는데도 '좋은 학원'이라고 하여 비싼 수업료를 내며 보내는 것이 맞는 걸까? 강남 부자라고 해서 모두가 아이 교육에 돈을 쏟아붓지는 않는다. 내가 본 강남 엄마들은 누구보다 효율적으로 돈과 시간을 썼다. 아이의 학습 수준이나 단계에 따라 어떤 학원에 보낼 것인가에 대한 정보가 많았다. 또 판단력도 뛰어났다. 같은 교육비를 지출하고도 단기간에 높은 효과를 냈다. 대부분의 일반 학생들은 영어, 수학, 국어, 과학 등의 교과목을 한 번에 배우고 있다. 하지만 강남 아이들은 서너 달 집중해서 영어만 배우고, 영어 실력이 어느 정도 올라가면 수학을 집중해서 배우는 식이었다. 시간도 절약하고 그에 따른 경비도 줄이고 있다.

부모가 능력이 안 돼서 속상하다는 한탄은 소위 '비싸고 좋은 학원에 보낼 형편이 안 돼서 아이에게 미안하다.' 는 의미일 것이다. 그러나 그것은 부모가 무엇을 해야 할지 모르거나 부모의 역할을 소홀히 한 데 대한 '변명' 일 수 있다. 사교육을 시키기에 앞서 아이가 어떤 수준인지, 어떤 상황인지, 아이의 흥미는 어디에 있는지를 파악하는 것이 먼저다. 아이에게 필요한 교육, 수준에 맞는 학원 또는 온라인 강의 등 발품을 팔아야 한다. 사교육을 시킬 것인지 시키지 않을 것인지는 그 후에 판단할 일이다. 사교육을 통해 아이가 부족한 부분을 채울 것인가 아니면 아이가 잘 할 수 있는 것, 흥미를 느끼고 있는 것을 지원할 것인가도 선택해야 한다. 어떤 기준으로, 무엇을 선택하느냐에 따라 교육비가 달라질 것이다. 최고 수준의 아이를 기준으로 하면 내 아이는 항상 부족하다. 이걸 사교육으로 해결하려고 한다면 아무리 돈이 많아도 부족할 것이다. 내 아이가 잘하는 것이나 흥미를 느끼고 있는 것만으로 본다면 최고 수준의 아이를 기준으로 하더라도 내 아이도 부족하지 않다.

아이 친구 중에 부모님이 여유 있는 아이가 있다. 고등학교에 들어가자 동네에서 멀리 떨어진 대치동 학원에 다녔다. 엄마가 차로 데려다주고 학원 근처에서 기다렸다가 데려오는 생활을 수능 때까지 했다. 대치동의 유명한 학원에 다닌다고 부러워하는 친구들도 많았다고 했다. 그런데 학교 내신이 생각보다 좋은 편이 아니라고 했다. 그래서 수능에 기대를 걸어본다고 했다. 아무래도 대치동의 학원은 그 아이의 학교 내신을 챙기기는 어려워서 내신이 안 나오고 있다고 생각해서였다. 그런데, 수능 성적도 기대만큼 좋지 않았다. 결국 서울에 있는 학교에 가지 못했다. 아이는 재수는 절대로 하고 싶지 않다고 했단다. 아이에게 부족한 부분이 있었기 때문에 너무 많은 공부량을 소화하지 못했던 것은 아니었을까 생각됐다.

영현이는 고등학교에 입학하면서 학원에 다니지 않겠다고 말했다. 2학년 겨울방학을 앞두고서야 영어 단과학원에 다니고 싶다고 했다. 집에서 30분가량 거리에 있는 노량진 학원가에 등록했다. 주말만 다녔다. 이삼백 명이 함께 듣는 수업이라 좋은 자리에 앉으려면 일찍 가야 하는 번거로움은 있지만 얻는 게 많다고 했다. 방학이 끝난 후에도 몇 개월 더 다니고 싶다고 해 3학년 1학기 초까지 다녔다. 그 효과인지는 몰라도 수능에서 1등급을 받았다.

공교육만 옳고 사교육은 나쁜 것일까? 이미 우리 사회 시스템상 사교육은 필수다. 학습에 대한 보충의 개념으로, 진학에 필요해서, 선행학습을 위해서만 사교육을 받는 것은 아니다. 친구를 사귀거나, 부모님 퇴근 전까지 어딘가에서 보살핌을 받기 위해서이기도 하다. 이외에도 공교육에는 없지만, 아이가 관심 있어 할 때, 또는 우리 아이가 나중에라도 여유롭게 행복감을 느낄 수 있는 어떤 것이 필요해 예체능을 배울 수도 있다. 사교육의 장인 학원은 이미 옳고 그름에 따라 선택하는 선택지가 아니다. 나와 아이의 희망이나 필요에 따라, 나와 아이의 능력에 따라 선택할 수 있는 무대이다. 능력이 안 돼서 속상하다는 자책감은, 아이가 예습, 복습까지 사교육에 의지하게 만들어 스스로 공부하는 습관을 방해한다. 그래서 성적의 책임을 부모나 사회 시스템으로 떠넘기게 만든다.

2021년 교육 여론 조사 결과를 보자. 사교육을 하는 이유 중 가장 큰 이유가 초·중·고 학부모의 21.8%를 차지하는데 '남들이 하니까 심리적으로 불안해서'였다. 그다음 이유가 학교에서 가르치는 것보다 더 높은 수준의 공부를 하게 하려고, 세 번째는 남들보다 앞서나가게 하기 위해서라고 응답했다. 이 3가지 응답을 볼 때, 사교육을 시키는 이유는 '심리적 불안'과

'다른 학생과의 경쟁 심리' 다. 즉 남들과 비교해 내 아이가 부족하면 불안하다. 사교육의 목표를 '남들보다 더 잘하는 것' 으로 해석할 수 있다. 그런데 아이가 잘하면 할수록 비교 대상인 친구들의 수준도 높아진다. 남들보다 더 잘한다는 목표에 도달하기는 거의 불가능하다.

비교 대상이나 기준은 어제의 아이여야 하고, 사교육은 아이가 잘 할 수 있는 것을 지원할 때 부담이 적다. 부족한 부분을 보완하는 것은 아이가 부족하다고 느끼면서 극복하겠다는 의지를 가질 때 시작해도 늦지 않다. 돈은 나중 문제다. 아이의 수준을 파악하고, 아이의 흥미를 파악하고, 아이에게 맞는 교육 내용이 무엇인지를 파악하는 '발품' 이 먼저다. 발품은 '돈' 이 들지 않는다. 아이를 바르게 키우겠다는 마음만 있다면, 능력이 없는 부모는 없다.

04

사교육 없어지면 좋겠어요

*

'학원, 사교육이 없었으면 하시는 분이 계실까요?' 어느 온라인 카페에 게시된 글의 제목이다. 댓글이 25개가 달려있었다. 게시 글의 내용은 이렇다. '모든 아이가 사교육을 받지 않았으면 좋겠다는 생각이 자주 든다. 각자 잘하는 분야만 살려서 그 분야만 열심히 하고, 진로도 그쪽으로만 계획한 후, 취업해서 먹고살면 행복하지 않을까?' '모든 아이의 출발선을 똑같게 하고 공교육만으로 공평하게 경쟁했으면 좋겠다. 경제력이 아이의 발달과 경험치에 많은 영향을 미쳐서 속상하다.' 라는 내용이었다. 댓글의 내용은 다양했다. '안 보내고 싶은데 어쩔 수 없이 보내야 하는 상황이다.' '사교육에 보내지 않아도 부모가 주관만 뚜렷하면 괜찮다.' '법으로 아예 없애면 모를까 사교육을 안 시킬 수는 없다.' 등….

사교육이 없어졌으면 좋겠다고 생각하는 사람은 많다. 하지만 선뜻 우리 아이만 사교육을 시키지 않겠다는 사람은 많지 않을 것이다. 아이가 학원에 가지 않으면 당장 같이 놀 친구가 없어서 곤란하다. 학원 친구가 학교 친구 못지않게 중요해졌다. 맞벌이 부모라면 선택의 여지가 없다. 어딘가에 아이를 맡겨야 하는데, 퇴근 시간까지 아이가 안전하게 지내면서 공부도 할 수 있는 곳은 학원 말고는 찾기 힘들다. 문제는 돈이다. 아이가 학교에서 나와 학원에서 보내야 하는 시간에 비례하여 돈도 많이 든다. 돈 문제가 아니라면 맞벌이 부부에게 사교육은 꼭 필요하다.

학원에서 배우는 게 성적에 도움이 될까? 2016년 마크로밀 엠브레인에서 서울·경기지역 초등학생 엄마들에게 설문조사를 했다. '사교육을 하지 않으면 공교육을 따라잡기 어렵다'라는 문항에 65.9%가 '그렇다'고 답했다. '선행학습'과 '진학 준비' 때문에 학원을 보낸다는 '경쟁적 사교육'이 76.3%, 학교 수업 보충이라는 '보완적 사교육'이 76.8%로 거의 똑같았다. (복수 응답 허용) 남들보다 앞서기 위해 사교육을 시키기도 하지만, 학원에 다니지 않고서는 학교 수업을 따라가기가 벅차다고 느끼는 학부모도 그에 못지않은 것이다. 통계청 사교육비

조사 결과도 유사하다. '사교육 이용 목적'에 대한 설문에서 '대학 서열로 인한 사교육'과 '공교육 부실로 인한 사교육'의 비율이 거의 같았다. 사교육에서 보충해주지 않으면 학생의 절반이 공교육에서 낙오할 가능성이 있다는 의미다. '경쟁적 사교육'으로 인한 금전적 부담이 크면 클수록 사교육을 부정적으로 보게 한다. 그러나 '공평하게 경쟁한다'고 해서 그 결과까지 공평할까? 교육을 점수로 평가하는 경쟁 구조에서 모든 학생이 결과에 수긍하고 만족할 수는 없다.

'사교육이 없었으면 좋겠다'며 속상해할 필요는 없다. 학교에서 배우는 것 중 어른이 되어서 사용하는 것은 대부분 읽기와 간단한 덧셈과 뺄셈 정도이지 아닌가. 나머지는 사는 데 그다지 중요하지 않다. 그런데 학교에서는 이 중요하지 않은 것으로 아이들의 서열을 정한다. 남들과 비교해서 한 걸음 앞서기 위해서는 한 걸음 만큼의 돈이 더 들어간다. 내 아이가 아무리 잘해도 앞에 서 있는 친구들은 끝이 없다. 그래서 아무리 돈이 많아도 사교육비는 감당하기 어렵다. 정작 필요로 하는 것은 어른이 되어서 스스로 터득해야 한다. 세상이 너무 복잡해서 학교에서는 그 모든 것을 다 가르칠 수 없기 때문이다. 그래서 학교에서 배워야 할 것은 문제를 해결하는 방법이다. 어떤 문제에 맞닥뜨렸을 때 어떻게 해결할 것인가를 스스로 생각하는 법을 배우도록 해야 한다. 문제가 무엇인지 아는 안목을 배워야 한다. 어쩌면 학교 점수는 중요하지 않을 수 있다. 아이가 행복하기를 바란다면 아이가 좋아하는 것을 가르치자. 운동을 좋아하면 운동을, 춤추고 노는 것을 좋아하면 음악을 가르치자. 좋아하는 것을 배울 때는 행복하다. 행복과 즐거움은 자기가 느끼는 것이지 비교하는 것이 아니다.

그래도 아이 학교 성적이 신경 쓰인다면 책을 읽히면 좋겠다. 사교육을 시키더라도 책을 늘 가까이하라고 권하고 싶다. 책은 모든 공부의 시작이다. 특히 스스로 문제를 해결하기 위한 공부의 시작이다. 사교육 없이 잘 키웠다는 사람들의 사례를 보면 하나같이 독서를 많이 시켰다고 한다. 그도 그럴 것이 책을 많이 읽으면 이해의 폭이 넓어지기 때문에 학습 내용을 쉽게 받아들인다. 독서 과정에서 뇌 기능이 좋아진다는 건 누구나 알고 있다. 우리의 뇌는 여러 영역으로 나뉘어 있다. 언어, 공간지각, 수리, 논리, 음악, 운동 감각 등. 독서는 이런 모든 영역에 자극을 주기 때문에 뇌 기능을 활성화한다. 학습한 후 그것을 기억하고 꺼낼 수 있으며 판단할 수 있는 인지능력 향상에도 도움이 된다. 인지능력이 높아지면 공부의 밑바탕도 넓어진다. 교감신경의 긴장을 완화해 스트레스 지수도 낮출 수 있다. 기억력과 집중력을 향상시킨다. 운동이 우리 몸을 건강하게 만드는 것처럼 독서는 기억력과 집중력을 단련시키는 과정이기 때문이다. 이처럼 독서의 효과를 알기만 해도 왜 독서로 사교육 없이 잘 키울 수 있는지 이해할 수 있다. 독서로 다져진 아이는 자존감도 높아진다.

우리 아이가 사교육을 받지 않아 학교에서 위축될까 걱정할 필요가 없다. 독서를 하면서 자존감이 높아지고 다양한 분야의 기본 지식이 많이 쌓일 테니. 독서 습관을 몸에 익히기 어렵다고 느낄 수 있지만 어릴 때부터 그림책을 읽어주고 책으로 놀아주다 보면 자연스럽게 몸에 배게 된다. 초등 저학년에 독서 습관을 서서히 들인 후 고학년이 될 때쯤 학습법을 알려주며 스스로 할 수 있도록 끌어보면 어떨까? 요즘에는 가까운 곳에 도서관도 많아 주말에 아이들과 나들이 삼아 다녀오는 것도 좋다. 책뿐만 아니라 시청각 자료도 많이 비치되어 있어서 책을 읽다 기분 전환하고 싶을 때 시청각 자료를 이용해도 좋다. 혹시 아이가 스스로 공부하다가 과목마다 부족한 부분이 있다면 인터넷 강의를 활용해도 된다. 무료 인터넷 강의 중에도 좋은 강의가 많다. 아이가 스스로 하고 있을 때 엄마의 관심과 사랑만 보태면 사교육비 걱정은 덜 수 있다.

우리 아이들이 살아가야 할 세상은 이전의 기성세대가 경험해 보지 못했던, AI가 우리의 일자리를 대신하는 사회일 것이다. AI가 담당하기 어려운 분야가 우리 아이가 일할 수 있는 분야이다. 문제가 발생했을 때 창의적으로 해결하는 일이 그것이다. 또 세상이 원하는 사람은 함께 어우러져 살 수 있는 사람이다. 우리 아이가 이 두 가지 능력만 갖춘다면 걱정하지 않아도 된다. 하지만 하루아침에 길러지는 능력은 아니다. 꾸준히 오랜 시간 단련해야 생긴다. 내 아이에게 맞게 진득하게…….

'진달래는 진달래답게 피면 되고, 민들레는 민들레답게 피면 된다. 남과 비교하면 불행해진다. 이런 도리를 이 봄철에 꽃에게서 배우라.' 법정 스님의 '살아있는 것은 다 행복하라'의 한 구절이다. 우리 아이들의 있는 모습 그대로를 인정할 수 있으면 좋겠다. 아이들이 원하는 사교육이면 좋겠다. 남들과 비교해서 우리 아이가 뒤질까 하는 두려움이 깃든 사교육이 아니라면 좋겠다. 아이도 부모도 힘든 사교육이 아니라면 더더욱 좋겠다.

05

자기 주도적인 아이 기다려주자

*

어떻게 하면 자주적인 아이로 키울 수 있
을까? 많은 부모에게 숙제 같은 질문이다. 자기 주도적인 아이
가 지닌 자기 주도성이란 무엇일까? 한마디로 말하면 자신에
게 주어진 일을 아이가 스스로 실행하려는 의지나 자세 또는
그 어려움을 극복해내는 능력이다. 어떻게 하면 이 능력을 갖
추게 될까? 자기 주도적인 아이로 키우고 싶었다. 엄마가 많이
관여하지 않아도 할 수 있었으면 했다. 그런데 자기 주도성은
하루아침에 저절로 생기는 힘이 아니란 걸 깨달았다. 작은 것
부터 아이 스스로 할 수 있게 해보자고 마음먹었다. 아이가 해
야 하는 자잘한 일을 해결하게 해봐야겠다고.

세연이가 초등학교 2학년 때, 끈을 매는 운동화를 처음 신었
다. 운동화를 신고 다니다가 자꾸 끈이 풀린다며 다시 묶어 달

라고 말했다. 한두 번이 아니었다. 처음에는 그냥 묶어줬다. 어느 날 학교에서 돌아오는 길에 또 끈이 풀렸다며 자꾸 끈이 밟혀서 걷기가 힘들었다고 했다. 처음에는 신발을 끌고 걸어오다가 너무 불편해서 끈을 신발 안으로 밀어 넣었더니 걸을 만은 하더라고 했다. 그런데 신발이 헐떡여서 발꿈치가 아프다고 했다. 안 되겠다. 다시 이런 일이 생기면 아이가 힘들겠구나 싶어 끈을 매는 방법을 가르쳐 주었다.

아이 손에 힘이 없는 탓에 야무지게 묶이지도 않고, 복잡하고 어렵다고 했다. 그러면 아예 배우지 않고 오늘처럼 계속 신발을 끌고 올 거냐고 물었더니, 그건 아니라고 했다. 제대로 배울 테니 다시 가르쳐달라고 했다. 한쪽 운동화는 내가 들고, 다른 쪽 운동화는 아이에게 잡으라고 한 후 따라 해보라고 했다. 끈 한쪽 끝부분을 고리 모양으로 만들라고 했다. 그런 후 다른 쪽 끈을 돌려서 홀치라고 했다. 그 홀치는 부분이 어렵다고 했다. 홀치는 과정만 여러 번 보여 달라고 했다. 예닐곱 번을 보여 주었더니 "아하!" 하면서 이제 알겠다며 제대로 맸다. 제대로 묶기에 성공하고 나서는 묶었던 것을 풀어 다시 묶어 보며 무척 좋아했다. 그러더니 내가 묶었던 다른 쪽 신발을 달라고 해 그것도 풀어서 다시 묶었다. 이후로는 동생 신발 끈이 풀려도, 엄마 끈이 풀려도 제가 매주겠다고 했다.

영현이가 가위질을 처음 할 때, 손가락 힘이 유난히 약했다. 종이가 제대로 잘리지 않고 가위가 비틀어진다며 울상을 지었다. 뭐든 혼자 해보는 걸 좋아하는 아이였다. 유치원에서 돌아오면, 점심시간에 썼던 수저를 꺼내, 의자 위에 올라가 싱크대에서 수저를 씻어 가방에 챙기곤 했던 아이다. 유독 가위질이 안 돼 속상해했다. "엄마가 잘라 줄까?" 하고 물으면 아니라고 그냥 도와만 달라고 했다. 그때마다 가위 손잡이에 들어간 집게손가락 바깥쪽과 엄지손가락을 살짝 눌러 줬다. 제대로 된다면서 좋아하는 아이의 얼굴은 활짝 핀 해바라기꽃이었다. 몇 번을 그렇게 도와줬더니 나중에는 제대로 할 수 있게 되었다. 인형 그림이 있는 종이를 보면 가위로 오리면서 자랑스러운 듯 가위질하는 자기모습을 쳐다보라고 했다. 잘했다고 손뼉을 쳐주면 쑥스러워하면서도 뿌듯해했다. 유치원에서 친구들이 가위질을 잘 못해 자기가 도와줬다고 자랑도 했다. 이렇게 자랑할 때는 어깨가 위로 솟는 듯했다.

이진이가 어린이집에서 소풍을 다녀오더니 자랑했다. "엄마,

오늘 친구가 음료수병을 못 따서 음료수를 못 마시고 있었는데 내가 따줬어. 내가 안 따줬으면 마시기 힘들었을 텐데. 저번에 엄마랑 음료수병 여는 거 연습해서 나는 잘하는데 그 친구는 못하더라고." 그 일이 있기 며칠 전에 아빠가 사 온 음료수병을 열어보고 싶은데 안 된다며 끙끙대더니 결국 내게 가져왔었다. 병이 커서 아이가 끌어안기조차 힘들었다. 일단 그 병을 바닥에 놓고 엄마가 병을 잡을 테니 뚜껑을 돌려보라고 했다. 손에 힘이 없어서 돌려지지 않는다고 했다. 아이가 열 수 있을 만큼만 뚜껑을 살짝 돌려주고 나서 다시 해보라고 했더니 자기가 열었다며 좋아했다. 이삼일 후 작은 음료수병을 사다가 열어보라고 했더니 한 손으로는 음료수병을 잡고 다른 손으로 여러 번 돌려보더니 어렵사리 열었다. 언니들한테 자랑하면서 내가 열었으니까 마셔보라고 권했다. 그 덕에 친구의 음료수병을 열어줬다고 했다.

아이에게는 아직 어려울 것 같은 일도 일단 시켜보자. 신발 정리, 방 청소나 설거지, 빨래 개기 등. 어설프지만 아이가 해내면 칭찬해주자. 어른 눈으로 보기엔 별거 아닌 일들이 아이에게는 성공 경험이 된다. 이 작은 성공 경험이 모여서 아이의 자존감과 자부심이 된다. 이때 갖게 된 자긍심을 바탕으로 자기 주도적인 아이가 될 수 있다. 기다리기 답답하다고 신발 끈을 얼른 묶어줘 버리거나 음료수병을 쉽게 따줘 버리면 엄마도 아이도 그 순간은 편할 수 있다. 하지만 언제까지 신발 끈을 묶어주고 음료수병을 따 줄 수 있을까? 자기 주도성은 언젠가는 길러져야 한다. 성인이 되면 스스로 결정하거나 선택해야 할 일이 지천이다. 그때마다 부모가 따라다니며 해줄 수 있을까?

대학에서 학생을 가르치는 친구들 얘기로는 성적에 대한 이의 제기를 엄마가 하는 경우가 자주 있다고 한다. 수강 신청도 엄마가 하라는 과목으로 하는 아이들도 있단다. 그렇다면 직장도 대신 다녀야 할지도 모른다. 아이가 야무지게 해내지 못하더라도 스스로 해볼 수 있게 해야 한다. 해보면서 터득하도록 해야 한다. 작은 일부터 혼자서 해낸 아이들은 중·고등학생이 되어서도 자기 주도적인 학습을 하는 데 어려워하지 않는다. 어릴 때 자잘한 일을 해야 할 때 기다려주는 것이 중요하다. 흡족하지 않더라도 격려와 칭찬을 해주자. 어른의 눈으로는 부족해도 스스로 해낸 아이는 엄청난 성취감을 느낄 것이다. 그 경험을 함께 나눌 수 있을 때 아이가 더 나아갈 수 있다.

기다려주는 것만으로 아이는 스스로 계획하고 결정할 수 있게 된다. 해야 할 일을 찾기 위해 주변을 살펴볼 수 있게 된다.

애벌레가 번데기를 거쳐 나비가 되는 걸 모르는 사람은 없다. 번데기 집을 뚫고 나오는 나비가 힘들어 보인다고 도와주면 그 나비는 평생 날 수 없다는 것도 알고 있다. 우리 아이들도 번데기 안에서 멋진 날개를 준비해 뚫고 나오는 중이다. 스스로 번데기 껍질을 뚫고 나올 때 더 튼튼한 날개를 가질 수 있다. 높이 그리고 더 멀리 날 수 있는 날개 말이다.

육아 스트레스에서
잠시 탈출하고 싶거나,
아이의 사회성이 걱정될 때,
공동육아를 시도해보는 것도
좋은 방법인 듯하다.

PART
02

사교육비 없어도
아이 잘 키우는 방법

01

이번 달도 적자네

*

코로나로 상황이 좋지 않아 월급을 받지 못하는 가정이 있을 것이다. 월급이 있어도 늘 모자라는 가정도 있을 것이고. 우리가 그랬다. 월급이 없던 달도 있었고. 있어도 늘 부족했다. IMF 이후, 남편 월급이 들어오는 달도 있고, 들어오지 않는 달도 있었다. 처음에는 한 달 걸러서 한 번씩 들어 왔다. 차츰 들어오는 달이 몇 달 건너 한 번씩이었다. 언제 들어올지 모르고 기다리기란 생각보다 힘들었다. 누구에게도 말 못하고 지냈지만, 시부모님은 언뜻언뜻 눈치를 채셨던 것 같았다. 가을걷이 후 1년 먹을 쌀을 올려보내 주는 것 외에도 가끔, 농사지은 것들을 보내주셨다. 양파며 감자, 김치, 젓갈, 푸성귀까지.

수화물로 한 번씩 받으면 이내 부자가 된 듯했다. 지금처럼 문

앞까지 배달되는 택배가 아니라 화물센터까지 가서 찾아와야 했다. 찾아온 농산물을 주변 사람들과 나누었다. 오래 두면 그 아까운 것들을 못 먹게 되는 경우가 많았기 때문이다. 먼저 주변 사람들과 나눈 후에 나머지로 먹었다. 내가 주변 사람과 나눠 먹는다는 걸 알게 된 시부모님은 평소 보내 주던 것보다 더 많이 보내주셨다. 당신들 자식인 우리가 조금이라도 더 먹었으면 하는 바람이었을 게다. 두고 먹다가 1주일이면 더 이상 먹을 수 없는 상태로 변하는 걸 본 뒤로는 보내준 대로 몽땅 갖고 있을 수가 없었다. 1주일 먹을 정도만 남기고 모두 주변 분들에게 나눠야 했다. 그렇게 하는 것이 힘들여 농사지은 부모님께 덜 미안하다는 걸 알기 때문이었다.

이렇게 가끔 보내 주시는 특별한 선물도 1주일이면 끝이었다. 우리는 매일을 살아야 했다. 아이들은 배가 고프다고, 간식을 먹고 싶다고 말했다. 그 상황에서 내가 할 수 있는 일이 무엇인지 생각해봤다. 1년분으로 보내준 쌀이 있었다. 쌀만으로는 한 끼가 부족할 때가 많았다. 반찬을 준비할 돈이 없을 때도 많았으니까. 쌀을 담갔다가 빻아 경단을 만들었다. 한번 빻을 때 많이 빻아 냉동시켰다. 필요할 때 바로 만들어 주려는 마음에서였다. 경단을 처음 먹을 땐 맛있다고 좋아했다. 입이 짧은 우리 아이들은 몇 번 먹고 나더니 시들해졌다.

할 수 없이 신 김치로 밥을 먹어야 했다. 시어빠진 김치가 아닌 다른 뭔가로 먹고 싶어 했다. 김치볶음밥, 김치찜도 번갈아 먹었건만 아이들은 며칠이면 싫어하는 기색을 보였다. 할머니가 보내줬던 젓갈을 싫어한다며 먹지 않는 듯해도, 그마저도 바닥을 보였다. 이럴 땐 왜였는지 몰라도 내 손가락이라도 잘라서 먹일 수 있으면 좋겠다고 생각했다. 아이들이 고파하는 것을 채울 수만 있다면 뭐라도 해야겠다고 생각했다. 내가 무언가를 하려면 세 살, 다섯 살인 늦둥이들을 어린이집에 맡겨야 했다.

마흔. 한동안 주부였던 내가 할 수 있는 일이 있을까 싶었다. 벼룩시장 구인란에 동네 가까운 곳에 있는 학습지 회사에서 관리 교사를 뽑는다는 광고가 있었다. 구인 조건에 '36세'라는 나이 제한이 있었지만 무조건 찾아갔다. 부딪혀 봐야겠다는 마음뿐이었다. 면접을 보고 나서 시험을 치렀다. 영어 문법 시험이었다. 시험 결과를 보고 며칠 후에 연락할 테니 집에 가서 기다리라고 했다. 기다리는 동안 여러 생각이 들었다. 갑자기 엄마가 취직하면 하정이와 이진이가 어린이집에 잘 적응할 수 있을까? 전에 세연이 영현이 때도 처음 출근하면 꼭 3일째에 심하게 아팠었는데 이 아이들도 그런 일이 생기는 건 아닐까? 가정 방문하는 직업인데 힘들게 하는 엄마들이 있으면 어떡하지? 학생들은 나를 잘 따라 줄까? 사나흘 기다리는데도 보름 이상 지난 느낌이었다.

드디어 연락이 왔다. 4월 1일부터 출근하라고. 학습지가 호황이던 시절이라 교사가 없어 아쉬웠기에 가능하지 않았을까 싶다. 출근하라는 날짜까지 1주일도 남지 않았다. 하정이, 이진이를 보낼 어린이집도 알아보아야 했다. 엄마가 전업주부였기에 쉽게 할 수 있었던 일들이 더 이상 쉽지 않았다. 아이들도 나도 새로운 생활에 어떻게 적응해야 할지 점검하며 각자 해야 할 일을 정했다. 엄마 퇴근 전까지 동생들 챙기는 일은 큰아이들 몫이었다. 동생들 돌보느라 숙제나 공부를 소홀히 하면 안 되니까 시간 안배하는 방법도 가르쳐줘야 했다. 비상시에는 누구에게 연락해 도움받을지, 자기들끼리 있을 때 문단속은 어떻게 하며 열쇠는 어떻게 관리해야 하는지 등도 알려주었다.

학습지 교사를 하면서도 네 아이를 챙겨야 했기에 다른 사람들보다 훨씬 적게 일했다. 열심히 하는 사람들은 밤 열시 열한 시까지도 일했지만, 7시면 퇴근해야 하는 나는 월급이 많지 않았다. 그래도 남편 월급만 바라보며 지내던 때보다 많이 나아졌다. 풍족하진 않았지만 매월 고정적으로 들어오는 돈이 있다는 것만으로 숨통이 트였다. 고정적인 수입이 있다는 것의 안도감이 이런 것이지 싶었다. 적은 액수라도 규모 있게 꾸리면 견딜 만할 때가 많았다.

두 아이 어린이집 보육비만도 내 월급의 3분의 1이 넘었다. 큰아이들 학비며 집 살 때 받은 융자금 상환비, 공과금 등 숨만 쉬어도 나가야 하는 비용은 늘 부담이었는데, 몇 달 걸러 한 번씩 들어오는 남편 월급으로 미처 메우지 못한 달의 부족한 부분을 채워주기도 했다. 그렇게라도 들어오던 월급이 끊긴 적이 있었다. 가장 부담이 컸던 어린이집 보육료를 감면받을 방법이 있는지 원장님한테 알아보러 갔다. 어린이집에는 그런 혜택은 없다며 지금의 주민 센터인 동사무소에 가보라고 했다. 담당자를 만나 사정 이야기를 했다. 뭔가를 찾아보더니 안 된다고 했다. 왜인지 물어보았다. 작지만 빌라가 있어서 어렵다는 것이었다. 원하던 방법은 찾지도 못하고 무안만 당하고 돌아오던 길은 눈물범벅이 되어서 어떻게 집에 왔는지 기억도 없다.

진정한 강자는 눈물이 없는 사람이 아니라, 눈물을 머금고 달리는 사람이란 말이 있다. 버티기 힘든 상황이었지만 억지로 웃으며 버텼던 시기였다. 부모이기에, 엄마이기에, 넷이나 되는 원석을 보석으로 다듬어야 했기에…….

사교육 없이 한번 해 보자

＊

　　　　　　"엄마, 내 친구 희연이는 피아노 학원도 다니고, 수학이랑 영어도 배우고, 바이올린도 배운다던데, 나는 왜 피아노만 배워?"

어느 날 세연이가 물어왔다. 자기도 친구들처럼 뭔가를 더 배우고 싶다고 했다. 친구들이 다닌다는 학원에 보내자니 교육비도 부담스러웠지만 아직은 학원 시간에 쫓기느라 자신만의 시간을 갖지 못하는 것도 싫었다. 하지만 아이가 원하는데 무턱대고 안 된다고 말하면 아이의 불만만 생기고 학원에 대한 열망은 더 커질 것 같았다.

"그럼 엄마랑 손기정 도서관에 가보자. 거기는 배울 수 있는 게 많더라."

3학년 세연이와 유치원생 영현이를 데리고 손기정 도서관에 갔다. 거기에서 책을 자주 빌려 읽는데도 교육 프로그램이 있는 줄 몰랐던 세연이는 도서관에서 그런 것도 하냐며 좋아했다. 입구에 비치된 팸플릿을 보여 주며 배우고 싶은 것을 골라 보자고 했다. 요일별로 빼곡히 적혀 있는 수업 시간표를 손가락으로 짚어가며 읽어 보던 세연이는

"엄마, 난 주산도 배우고 싶고, 글짓기도 배우고 싶고, 바둑도 배우고 싶어. 그리고 영어랑 수학도…"

"그래? 그럼 전부 다 등록할까?"

도서관에서 진행하는 수업이라 생각보다 교육비가 부담스럽지 않았다. 한 장소에서 모두 배울 수 있어 아이가 여러 곳을 돌아다니지 않아도 되는 이점도 있었다. 무엇보다 늘 다니던 도서관이라 아이에게 익숙한 장소여서 안심이 되었다. 속으로는 '얘가 이 모든 것을 다 소화해 낼 수 있을까?' 하는 의구심이 들었지만, 아이가 원하는 것이어서 안 된다고 하지 않고 모두 등록했다.

처음에는 너무 재미있다며 다녔다. 거리도 가깝지 않은데 군소리 없이 다니고 있어 다행이다 싶었는데 재미있다고 하니 맘도 놓였다. 둘째 주쯤 되니 어느 날은 힘들다고 했다. 멀리 걸어와서 덥다고도 했다. 셋째 주가 되니 너무 힘들다고 했다.

들고 왔던 가방을 거실 바닥에 탁 내려놓으며 "엄마가 날 너무 힘들게 하네." 짜증스럽게 말했다. "네가 하고 싶어 해서 시켜 줬는데 왜 엄마가 너를 힘들게 한다고 생각하니?"라고 물어봤다. 자기가 하고 싶다고 했어도 엄마가 과목 수를 줄여줬어야지 왜 그냥 다 하라고 했냐고 했다. 이런 날이 올 거란 걸 알고 있었던 내 맘을 모르는 세연이가 푸념했다. 그럼 어떻게 하고 싶은지 얘기해 보자고 했다. 학교 밖에서 배우는 것이 좋아 보여도 자신의 체력과 능력에 맞아야지, 욕심부리는 것만이 능사가 아니란 걸 알게 하고 싶어 그랬다는 말은 하지 않았다. 이번 달만 다니고 모두 다 그만두고 싶다고 했다. 아쉽지 않겠냐고 물었더니 전혀 아쉽지 않다고 했다. 친구들이 뭔가 특별한 걸 배우는 줄 알았는데 별거 아니었다며 그냥 전처럼 책 읽은 후 독후감 쓰고, 수학 문제집 풀고, 학교 숙제하면 될 것 같다고 했다.

세연이의 사교육에 대한 열망은 이렇게 한 달도 되지 않아 가라앉았다. 대신 우편으로 받아볼 수 있는 '스스로 하는 학습지'를 풀기로 했다. 아이가 문제를 풀어 우편으로 학습지 회사에 다 푼 문제지를 보내면, 학습지 회사가 점검한 후 다시 우편으로 보내주는 방식이었다. 틀린 문제에 대해서는 코멘트도 적어주었다. 밀리지 않고 제때 보내게 되면 스티커와 작은 선물도 받을 수 있는 재미에 세연이가 무척 좋아했다. 더욱 좋은 건 다른 친구들은 학습 전과를 보고 숙제해 와서 발표 내용이 모두 같은데, 자기만 다르게 발표해 선생님께 칭찬을 많이 받고 있다는 것이었다. 스스로 학습하는 습관이 제대로 잡힐 좋은 기회였다.

고학년이 되니 주변 친구 중에 학원에 다니는 아이들이 많아졌다. 특히 영어를 배우는 친구들이 많았다. 세연이도 영어를 배우고 싶다고 했다. 뒤에서도 밝히지만, 우여곡절을 겪으며 동네 공부방에서 배우기로 했다. 선생님이 미국에서 20년 넘게 살다 왔다는데 수업방식이 재미있다고 했다. 중학생이 되자 본격적으로 학원에 다녀야 하는 시기라고 주변에서 말했다. IMF로 생활이 어려워진 사람이 많아질 무렵 우리도 어려운 시기를 겪고 있었다. 모든 지출을 최소로 줄여야 했다. 5학년에 시작했던 세연이의 영어는 중1에 필요한 문법까지 배우고는 중학생이 된 지 얼마 되지 않아 그만두어야 했다. 아이에게 학원을 보내주기 힘들 것 같은데 혼자 할 수 있겠냐고 물어보았다. 할 수 있을 거 같다고 했다. 대신 꼭 필요한 주요 과목

참고서와 문제집은 사주면 좋겠다고 했다. 혼자 하면서 참고서와 문제집만으로 이해하기 어려울 때는 EBS 강의도 찾아 들었다. 스스로 공부하며 학원 시간에 얽매이지 않으니 중국어를 공부할 수 있는 여유가 생겼다. 동생 영현이와 중국 소화 소학교에 개설된 직장인반 중국어 수업을 들을 수 있었다.

세연이는 중학교 배치고사 성적이 좋지 않았다. 자신의 실력이 그 정도인 줄 몰랐다며 충격을 받았다. 초등학교에서는 나름 잘하는 축이라고 스스로 생각했었는데 그렇지 않았다는 걸 알게 된 계기였다. 자신의 위치를 알고 난 후, 공부 방법을 다양하게 시도했다. 좋은 성적을 받으려면 각 과목의 성적이 골라야 한다고 생각하게 됐다. 그래서 중간고사에 조금 미흡했다고 생각되는 과목은 기말고사에 더 치중하면서 고른 성적을 받으려고 애썼다. 또 시험 기간에만 공부해서는 안 된다는 것도 알게 됐다고 했다. 꾸준히 자신만의 공부 방법을 찾아 노력한 덕분에 학기가 바뀔 때마다 성적이 조금씩 올랐다. 결국 졸업할 무렵에는 전교권이 되었다. 주변 친구들이 학원에 다닌다고 따라서 다녔다면 혼자만의 공부 방법을 찾기도 어려웠을 것이고 중국어를 공부할 수 있는 시간도 갖지 못했을 것이다.

중학교 때 미리 해뒀던 중국어 덕분에 고등학교에서 제2외국어 수업을 수월하게 할 수 있었다. 자신만의 공부 방법을 터득한 덕분에 공부에 대한 자신감도 가질 수 있었던 것 같다.

'할 수 있다고 믿는 사람은 그렇게 되고, 할 수 없다고 믿는 사람 역시 그렇게 된다.' 샤를 드골의 말이다. 지출을 최소화했던 시기에 학원에 다닐 수 없어 어떡하나 하는 맘으로 힘들어만 했다면, 자기만의 공부 방법을 터득하기도 공부에 대한 자신감을 갖기도 어려웠을 것이다. 혼자서도 할 수 있다고 생각하며 해낸 덕분에 공부 산을 넘을 힘도 갖게 되었다.

03

공부 습관 길들이기

*

공부 습관을 잡으려면 어떻게 해야 할까? 남편과 함께 고민했다. 아이들의 공부 습관을 잡으려면 꼭 공부만이 아니고 체력관리도 해야 할 것이고, 또 시간 관리도 해야 제대로 잡힐 것 같았다. 우선 공부 습관을 잡는 방법 중 학습 관리는 예습과 복습을 제대로 해야 한다고 생각했다. 체력 관리는 아침 운동으로, 시간 관리는 계획표를 스스로 짜보게 하면 될 것 같았다. 남편이 자기는 중·고등학교 때 공부를 많이 하지 않았다고 했다. 고3 때에도 9시 뉴스를 보지 못하고 잠들었는데, 성적은 그런대로 유지했다고 했다. 그렇게 할 수 있었던 가장 큰 비결이, 일찍 잠들다 보니 아침 5시면 눈이 떠져 그 시간에 예습했다고 했다. 예습하면 수업 시간에 선생님 설명이 잘 들리고 이해가 잘 되었다고 했다. 또 수업이 끝나면 바로 책을 덮지 않고 5분 정도 얼른 훑어보고 책상에 엎드려 조금 전 읽었던 내용들을 되살려 보았던 것이 본인 공부의 전부였다고 했다.

예습 · 복습

우리 아이들도 아침에 예습시켜보자. 아침 일찍 일어나려면 일찍 자야 할 테니 무조건 9시에 재우기로 하자. 물론, 이미 밤 9시면 자고 있었다. 큰아이 세연이가 초등 고학년이 된 후에도, 중학생이 되고서도 9시 취침은 이어졌다. 세연이 중학교 친구 중에 학원에 다니던 친구들이 학원 끝나고 전화할 때도 있었는데, 세연이가 자고 있다고 하면 친구들이 깜짝 놀라곤 했을 정도였다. 5시에 일어나면, 밖으로 나가서 운동을 했다. 운동이 끝나면 들어와 씻은 후 거실에 같이 앉아 7~8분 정도 명상했다. 명상은 어렵지 않다. 허리를 곧게 펴고 바닥에 앉아 눈을 감는다. 혀끝을 입천장에 대고 숨을 편안하게 쉰다. 그리고 아빠가 정해주는 큰 숫자에서 3씩 빼거나 7씩 빼기를 했다. 예를 들면 100에서 3씩 계속 빼기를 하는 것이다. 이때 큰 숫자와 빼는 작은 숫자는 매일 바꿨다. 이렇게 계산을 한 후 맨 마지막에 남는 숫자를 물어보았다. 그 답이 틀린 경우에는 다시 하게 했다. 여러 날을 하게 되자 암산이 빠른 둘째 영현이는 하나하나 일일이 빼지 않고 암산으로 해버려 방법을 바꿔야 할 때도 있었다. 빼기만 하지 않고 더하기를 할 때도 있었다. 기준으로 정하는 숫자도 딱 떨어지는 500, 800이 아닌 642라 던가 967처럼 아무 숫자라도 정했다.

명상이 끝난 후 예습했다. 예습은 그날 시간표에 있는 과목 중 예체능 과목을 제외하고 모두 미리 읽어보는 것이다. 가끔은 무슨 말인지 모르겠다고 하는 경우가 있다. 어떤 때는 사전을 찾아보라고 하고 어느 때는 그냥 선생님께 여쭤보라고 했다. 이렇게 예습을 하는 데는 30분가량 걸렸다. 예습 후 아침 식사 전까지 남는 시간에는 아빠가 그날 신문에 나온 기사를 간추 려 얘기해 줬다.

복습은 이전부터 시키고 있었다. 학교에서 배운 내용을 집에 돌아오면 한 번씩 모두 훑어보게 했다. 엄마인 내가 시간이 될 땐, 복습할 때 제대로 알고 있는지 교과서를 보며 물어봐 주기 도 했다. 일하느라 바빠진 후부터는 하지 못하고 스스로 알아 서 복습해야 했다. 영어는 공부방에서 돌아오면 그날 배웠던 부분을 전부 읽었다. 읽는 방법은 오늘 배웠던 부분에서 지난 시간에 배웠던 부분까지 거슬러 올라가는 방식이었다.

여자아이들이어서 초등학교 때부터 체력을 키워두지 않으면, 고등학생이 된 후 체력 때문에 공부하는 데 지장이 있을 것 같았다. 그러니 초등 고학년 때부터 체력 키우기에도 관심을 두자고 했다. 아침 일찍 일어나면 아직 잠이 덜 깨어 몸도 활발하지 않고 집중도 덜 될 것 같았다. 그래서 무조건 밖으로 나가 맨손체조로 몸을 풀고 난 후 줄넘기를 하라고 했다. 이 운동은 비가 오나 눈이 오나 했다. 비가 오면 집 앞 1층 주차장에서 하고, 눈이 오면 눈을 맞으면서 했다. 추운 겨울에는 가끔 너무 추워서 못 하겠다며 들어올 때도 있었다. 그럴 때는 아빠가 다시 나가서 얼른 운동하고 오라고 할 정도로 운동에 신경을 많이 썼다.

처음에는 주로 집 앞 바깥 주차장에서 운동했다. 택시 운전하는 이웃집 아저씨가 방금 잠들었는데 줄넘기하는 소리 때문에 잠을 잘 수 없다고 소리를 친 적이 있다. 야단을 들은 뒤부터 세연이와 영현이는 골목 앞쪽에 가서 줄넘기하고 들어왔다. 대략 30~40분 정도 걸렸다. 그래서 초등 5학년까지는 운동회 때 릴레이 선수로 뽑힌 적이 없던 세연이가 6학년 운동회 때 릴레이 반대표로 뽑히기도 했다. 영현이는 아침 운동에 더해서 학교 방과 후 수업에 배드민턴을 신청해 학교 대표로 뽑힐 만큼 열심히 했다. 줄넘기만 했는데도 달리기도 빨라지고 체력도 이전에 비해 많이 좋아져 건강에는 자신 있는 아이들이 되었다. 아침 일찍 출근하는 동네 주민들은 여자아이 둘이서 골목에서 줄넘기하는 것이 기특하기도 하고 신기하기도 했었던 거 같다. 내 학습지 회원이던 엄마가 내게 집이 어디냐고 물은 적이 있었다. 동네 만화방 앞 골목에 산다고 하자마자 새벽장을 보러 갈 때마다 그 골목에서 줄넘기하는 여자아이들 둘을 봤단 얘기를 했다. 그 아이들이 우리 딸들이라고 했더니 놀랐었다.

시간 관리

시간 관리는 공부하는 학생에게 꽤 중요하다. 그래서 매일 아침 예습이 끝나고 나면 그날 계획을 세워서 아빠한테 검사를 받았다. 먼저 학교 끝나고 '집에 도착하는 시간부터 어린이집에 동생들을 데리러 가기 전까지' 가능 시간으로 잡고 계획을 짰다. 학교에서 현장학습을 다녀오는 날처럼 특별한 날에는 끝내는 시간을 더 늦출 수 있지만, 평상시에는 무조건 동생들 데리러 가는 시간 전까지 가능 시간으로 잡아서 계획을 짰다.

부득이 늦춰야 하는 날에는 동생들 귀가 후에 하더라도 집중을 덜 해도 되는, 책 읽고 독후감 쓰기 같은 항목들을 나중 시간으로 배치하라고 했다. 학교 수업 복습이나 영어 복습 같이 집중을 해야 하는 일은 동생들이 오기 전에 끝내야 했다.

새뮤얼 스마일스는 말했다. 습관은 나무껍질에 새겨놓은 문자 같아서 그 나무가 자라남에 따라 함께 커진다고. 어릴 적 습관이 잘 잡히면 성장한 후 까지도 저절로 몸에 스며들게 된다는 의미일 것이다. 어릴 적부터 몸에 붙인 공부 습관 덕분에 아이들은 중·고등학생이 된 후에도 스스로 시간 관리, 일정 관리, 체력 관리를 잘 할 수 있었다. 학교 졸업 후인 지금도 나름의 목표가 생기면 일정 관리를 하면서 없는 시간을 쪼개서라도 운동하며 체력 관리를 하고 있다. 자신의 목표를 향해 한발 한발 다가가기 위해서이다.

04

공감하는 부모, 금수저보다 낫다

*

우리 집은 저녁 10시가 되면 왁자지껄했다. 회사에서 퇴근해온 세연이, 과외를 마치고 돌아온 영현이, 야간자율학습을 마치고 온 하정이, 학원 수업을 마치고 돌아온 이진이. 다 같이 식탁에 모여 앉아 하루 지냈던 얘기를 하느라 밤이 깊어가는 줄도 몰랐다. 제일 먼저 퇴근해 거실에 있던 아빠도 얘기를 듣고 싶어 같이 자리한다. 먼저 세연이가 오늘은 철강 산업에 대한 자료 수집 때문에 온종일 검색하고 수집하느라 정신없었다 하고, 영현이는 과외 하는데 그 학생이 숙제를 덜 해서 기다려주느라 좀 답답했다는 얘기, 하정이는 밤 늦게 학교에서 나오는데 화단 근처에 있는 어린이 동상이 마치 어둠 속에 사람이 서 있는 것 같아 무서웠다는 얘기, 이진이는 시험이 끝나는 날이어서 학원 선생님이 피자를 학생 수만큼 1인 1판을 시켜주셨다는 얘기. 웃기도 하고 힘들었겠다며 위로도 하다 보면 하루 피로가 풀리는 시간이기도 했다. 너무 얘기에 심취하다 보면 소리가 높아질 때도 있어 가끔 아파트 주민들이 불편할 수 있으니 소리를 낮추자고 주의시켜야 할 때도 있었다.

이 시간에는 자연스럽게 자신이 겪는 어려움을 이야기하기도 하고 즐겁고 신났던 얘기도 했다. 속상했던 얘기를 하면 다들 얼굴을 찌푸리면서 같이 속상해했고, 좋은 일일 때는 더없이 좋아하고, 화나는 일에는 자기 일이 아닌데도 그걸 참았냐고, 뭐라고 해주지 그냥 뒀냐며, 누구냐고 찾아가서 혼내주고 오겠다고 서로 얘기했다. 큰아이들과 작은 아이들이 터울이 있다 보니 하정이가 초등학생이 되었을 무렵에는 이렇게 지낼 수가 없었다. 작은 아이들이 잠든 후에야 큰아이들이 학교나 독서실에서 돌아오기 때문에 자기 전에는 셋째와 넷째, 엄마만 같이 얘기하는 저녁 시간이었고, 큰아이들이 늦은 밤에 들어와서 아빠, 엄마, 큰아이들 둘이 모여 얘기하게 되어 엄마인 나는 꼭 두 집에서 사는 느낌이었다. 물론 주말에는 같이 모이는 시간도 있지만 큰아이들이 시험 기간이거나 학교 친구들과 그룹으로 과제를 하는 때에는 또 두 집 사는 엄마 같았다. 그런데 이진이가 중학교에 다니게 되면서부터는 여섯 명이 밤 열 시에 한 가족으로 모이는 시간이 되었다. 여섯이 모이면 서로의 하루에 대해 들어주고 공감도 했다.

세연이가 어릴 적에 새로운 동네로 이사했다. 근처에 또래 친구 소라가 있어 그 아이랑 놀기 좋아했는데 자매가 많은 아이였다. 소라 집에 놀러 보내면 가뜩이나 아이가 많은 집에 우리 아이까지 보태는 것 같아 미안한 마음에 주로 소라를 우리 집에 불러서 놀게 했다. 소라랑 놀 때는 재미있게 놀던 세연이가 친구가 가고 나면 '힘들어' 했다. 여자아이들이라 소꿉놀이를 좋아했는데 소꿉놀이 도구가 자잘하고 가짓수가 많았다. 그 모든 걸 쏟아서 놀 때는 좋은데, 정리하자고 하면 힘들어하며 정리하기를 싫어했다. 그렇다고 매번 정리를 다 해주자니 아이 교육상 아닌 것 같았다. 어떡하나 고민하다가 "세연아, 힘들어?" 그랬더니 많이 힘들다고 했다. "그럼 우리 어떡할까? 소라랑 놀지 말아야 할까?" 그건 당연히 싫다고 했다. 같이 놀고 나면 정리하는 것이 힘든데 그중 어떤 것이 가장 힘드냐고 물었더니 작은 컵이나 자잘한 반찬 같은 것들이 정리하기가 힘들다고 했다. "그럼 다음부터 네가 정리하기 힘든 것들은 빼고 놀면 어떨까?" 했더니 그러고 싶다고 했다. 그래서 너무 작고 정리하기 힘든 것들은 따로 보관하며 놀라고 했더니 정리하기가 훨씬 수월하다며 좋아했다.

어느 날 아침 학교에 갈 시간이 되었는데 세연이가 "나 학교 가기 싫어. 학교가 없어졌으면 좋겠어." 했다 "왜? 학교에 가면 친구들도 있고 선생님도 계셔서 재미있잖아?" 했더니 친구들이랑 선생님은 좋은데 그래도 학교가 없었으면 좋겠다는 것이었다. 학교에 입학한 지 한 달도 안 됐는데 당황스러웠다. 그래도 가야 하니까 가방을 메고 가자고 했더니 현관에 주저앉아 신발을 신고 일어나려던 아이가 거의 뒤로 넘어질 것 같았다. 뒤에서 가방을 받쳐 주었더니 겨우 일어났다. 그 순간 '이것 때문이구나.' 싶어 "가방 때문에 학교가 없어졌으면 좋겠다고 한 거야?" 했더니 "맞아."라고 했다. "그래, 가방이 무거워서 힘들었구나." 가방이 무거워서 집에서 나갈 때부터 힘이 드는데 학교 가는 길이 비탈길이라, 그 길을 올라가다 보면 뒤에서 누군가 잡아당기는 것 같다고 했다. 학교에서 집에 올 때도, 책가방을 바로 메지 못해 책상 위에 가방을 올려놓은 뒤, 다리를 구부려서 어깨에 짊어진 후에야 겨우 집에 오는데 너무 무겁다는 거였다. 가방 안을 들여다보았다. 학교에서 꼭 필요한 책들인데… 책을 모두 꺼내 보았다. 빈 가방이어도 무거웠다. 지인이 첫아이 입학 선물이라고 사준 가방이었다. 여자아이들이 아주 좋아할 만한 예쁜 가방이어서 아이가 좋아할 거라는 생각만 했지, 그런 어려움이 있는 줄 몰랐다. 며칠 동안 멨었다. 가뜩이나 야위어서 바람에도 흔들릴 것 같은 아이가 무거운 가방을 메고 비탈길을 오르내려야 했으니 학교가 없어졌으면 좋겠다고 얘기할 만했다. 다음날 바로 가벼운 천 가방으로 바꿔주자 학교 다니는 게 너무 좋다고 했다. 동네에서 가까운 시장을 아무리 돌아다녀도 작은 천 가방이 없어 할 수 없이 고학년이나 멜 것 같은 큰 가방으로 사주었다. 아이에게는 커 보여서 마치 가방이 아이를 멘 것 같은 느낌이었건만 전에 쓰던 가방보다 예쁘진 않지만 지금 가방이 더 좋다고 했다.

영현이가 초등학교 3학년 겨울 방학식 날. 집에 돌아오는 길에 현관문 밖에서 소리쳤다. "엄마! 현관문 좀 열어줘!" "앵, 무슨 일인데?" 하며 쫓아 나갔더니, 세상에나! 아이가 양손 가득 무거운 짐을 들고 있었다. 얼른 받으며 "뭔데 이렇게 많아?" 하고 물었더니, 선생님이 금붕어가 든 어항을 누가 가져가지 않으면 방학 동안 얼어 죽을 것 같다고 가져갈 사람은 가져가라고 했단다. 그럼 비탈길이고, 10분이 넘게 걸리는 그 길을 이렇게 무겁게 들고 왔냐고 했더니 그렇다고 했다. 금붕어가 들어있는 물이 꽉 찬 비닐봉지에, 꽤 큰 어항도 있고, 아이가 학기 중에 학교에서 활동했던 학습 결과물도 있고, 학기 중에 쓰던 악기도… "아니, 이렇게 많은 걸 들고 와야 하는데, 그것까지 가지고 왔단 말이야?" 하고 말하고 싶었다. 그런데 한 번 심호흡하고 나서 "아! 영현이가 금붕어를 키우고 싶었구나. 근데 차마 엄마한테 얘기를 못 했고?" 했더니 환하게 웃으며 그렇다고 했다. 그 말을 들은 아이 얼굴이 개선장군처럼 변했다. 자기 몸보다 더 커 보이는 무거운 것들을 들고 온 초등 3학년 아이 같지 않았다.

공감이란 남의 감정, 의견, 주장 따위에 대하여 자기도 그렇다고 느끼는 기분을 일컫는 말(네이버 어학사전)이다. 공감 중 가장 쉽게 할 수 있는 방법이 미러링(mirroring)이다. 앵무새처럼 상대방이 했던 말이나 행동을 따라 하는 것이다. 이 미러링을 알게 된 후부터는 아이들과 더 쉽게 공감할 수 있게 됐고 소통도 수월해졌다. "엄마, 힘들어."라고 하면 "그래, 힘들구나." 한 뒤에 "뭐가 힘든데?"라고 해주니 이야기가 훨씬 술술 나왔다. 이런 방법을 더 일찍 알았더라면 아이가 속내 말을 제대로 하지 않는다고 힘들어하지 않았을 텐데….

칼 로저스는 사람이 사람에게 줄 수 있는 최고의 선물은 공감이라고 했다. 상대방의 말을 있는 그대로 들어주고 마치 그 사람이 된 것처럼 지각하고 느끼는 것이라고… '마치 그 사람이 된 것처럼'이라는 말은 최대한 그 사람의 입장이 되어서 집중하고 그의 감정을 느껴보려 해야 한다는 의미일 것이다. 그 사람이 된 것처럼 들어준다면 누구라도 자기가 관심받고 있다고 느낄 것이다. 사랑받고 있다고 생각할 것이고 자존감도 높아질 것이다.

05

방향만 가르쳐주자

＊

세연이 돌 무렵 친정어머니가 돌아가셨다. 어머니는 늘 건강이 좋지 않았다. 내가 초등학교 6학년 때에는 아예 몸져눕기도 했었다. 딸인 내가 집안 살림을 해야 했다. 그렇게 아팠을 때도 딸내미 생일이라며 불린 쌀을 절구에 넣어 손수 공이질을 하고, 채로 걸러서 생일 떡을 해주었다. 아픈 어머니가 공이질을 하는 게 안타까웠다. 내가 할 테니 어머니는 조금 쉬라고 했다. 공이를 받아들어 위로 치켰다가 내려치기를 세 번. 하늘이 노랗고 토할 것 같았다. '하, 이렇게 힘들게 내 생일 떡을 만들어 주셨다니…' 그렇게 아팠던 어머니가 다행히 조금씩 건강이 나아졌다.

중 · 고등학교를 멀리 읍내로 다녀야 했다. 보충수업이 있을 때는 오후 늦게 하교할 때가 많았다. 양옆에 산이 있는 길을 지나 신작로를 따라 집에 오는 길은 껌껌하고 무서웠다. 하루 농사일을 마친 후, 낮에 농사일을 했던 사람들에게 저녁을 대접하고 나면 시간이 많이 늦었다. 그럴 때도 어머니는 20분 거리의 큰길 있는 곳까지 매일 마중 나오셨다. 큰길에서 오솔길로 바뀌는 산길을 지나오기 무서워할까 봐…. 동네 길을 지나다 보면 동네 어른들이 내게 말했다.

"느그 오매 같은 사람 읍따. 놉덜 저녁밥 챙기고 나믄 정신없이 니거리로 내달려. 깜깜헌디 니가 올라믄 무섭다고."
"야, 느그 오매는 딸이 둘만 되았으믄 가랭이 찢어져 죽었을 그다."

그랬다. 늘 몸이 약해서 농사일을 힘들어하면서도 하나뿐인 딸이 어찌 될세라 언제나 노심초사였던 내 어머니! 그리 약한 몸과 정신력만으로 내 나이 스물여덟까지 곁에 있어 준 셈이었다. 20대 후반인 나였는데도 그때의 충격이란… '어쩌지? 난 속옷도 화장품도 내 손으론 한 번도 사본 적 없는데.' 이미 아이 엄마였는데도 내가 할 수 있는 일이라고는 세상에 없는 듯했다. 그때의 혼란스러움 때문에 내가 만약 우리 아이들 곁을 떠나게 된다면 내 아이들도 이런 기분이겠다 싶었다. 그때에는 내 건강이 좋지 않았기에 더욱 그런 생각을 하게 되었다.

둘째 영현이가 유치원 다닐 무렵 두 아이를 불러서 속옷과 양말을 넣어둔 서랍장을 칸칸이 열어 보이며 "여기는 세연이 웃옷과 아래옷 칸, 여기는 영현이 속옷과 양말 칸이야. 이제부터는 아침에 어떤 옷을 입을지 서랍을 열어보고 스스로 결정해 봐." 세연이는 속으로 요일별로 입을 옷을 결정 해뒀다며 알았다고 했다. 영현이는 내일 아침에 보고 아무거나 입겠다고 했다. 아이들한테 스스로 알아서 입어보라고 했지만 속으론 신경이 쓰였다. 계절이 바뀌는 간절기에 미처 옷 정리를 못 했을 때는 더욱 그랬다. 세연이는 용케 잘 찾아서 입는데, 아직 어린 영현이는 여름인데도 긴 옷이 맘에 든다며 굳이 서랍 아래쪽에 들어가 있는 옷을 꺼내 입기도 했다. 그냥 두고 보다가 너무 더울 것으로 보이는 날, "오늘은 날씨가 덥다던데 그 옷 입고 가도 괜찮을까?" 하고 물어봐 줬다.

"그럼 바꿔 입고 가야겠네."라며 갈아입고 학교에 갔다. 속으로 작은 아이한테는 아직 무리인가 싶어서 아이에게 물어봤다. "그냥 엄마가 골라줄까?" "아냐, 내가 골라 입는 게 더 재

있어."

등교하는 날인데도 집에서나 입었으면 하는 옷을 입고 나서는 날도 있었다. 속으로 바꿔 입고 가라고 얘기해야 하나? 아니면 본인의 선택을 존중해줘야 하나? 아침마다 머릿속이 복잡해질 때가 많았다. 고민하다가 눈을 질끈 감았다. 아이가 선택한 것을 존중해주자. 일요일이나 학교에 가지 않는 날은 예쁜 노란 원피스를 꺼내 입었다. 속으론 저런 옷은 학교 갈 때 입으면 좋을 텐데 했지만. 그래도 아이의 선택이라서 존중해줬다. 그렇게 참다가 가족끼리 모여 얘기할 기회가 되면 슬쩍 그 얘기를 했다. "학교 갈 때는 좀 더 예쁜 옷으로 입고, 집에만 있는 날은 좀 예쁘지 않은 옷을 입어도 되지 않을까?" 하고. 그 얘기를 해 준 후로는 머릿속 복잡한 날이 줄었다.

아이들이랑 걸어서 손기정 도서관에 가려면 25~30분 정도 걸렸다. 가파른 계단 길을 올라가기도 해야 했다. 새로 오픈한 도서관이라 새 책이 많았다. 도서관 밖에는 일반 주민들이 가져가도 되는 도서들을 비치해둔 책꽂이도 있었다. 처음 간 날은 밖에 있는 책꽂이에서 책을 몇 권 꺼내 읽었다. 30분가량 밖에서 책을 읽다가 도서관 안으로 들어갔다. "여기는 조용히 해야 하는 곳인 거 알지? 너희가 읽을 수 있는 책은 이쪽 칸이야. 아까 밖에서 책을 꺼내 읽었던 것처럼 꺼내 읽고 제자리에 둬도 되고 빌릴 수도 있어. 읽고 싶은 책을 골라보자." 두 아이는 책이 즐비하게 꽂혀 있는 책꽂이 가까이에 가서 책을 꺼내 읽다가 읽고 싶은 책을 골랐다. 사서 선생님이 있는 곳으로 책을 가져가서 내밀었더니 "2주 동안 대출됩니다." 도서관에서 나오면서 "아까 빌렸던 거 기억나지? 읽고 싶은 책을 먼저 골라서 사서 선생님께 가져가면, 선생님이 빌려주는 거야. 그리고 반납할 때는 사서 선생님께 드리기만 하면 돼. 엄마가 왜 얘기하는 줄 알아? 다음부터는 너희 둘이 알아서 빌릴 거거든."

"그럼 우리끼리 여기까지 와야 해?" 도서관까지는 같이 오지만 도서관 안에는 자기들끼리 들어갈 거라고 했더니 영현이가 물었다.

"그럼 엄마는 밖에 그냥 있을 거야?"

"밖에도 책꽂이가 있잖아. 거기서 책 읽고 있을게."

빌린 책을 다 읽은 날 다시 손기정 도서관에 갔다. 아이들만 안에 들어가라고 했다. 침을 꿀꺽 삼키더니 "우리끼리 잘할 수 있을까?" 영현이가 말했다.

"그럼, 잘 할 수 있지. 들어가서 해봐. 전에 엄마랑 해봤잖아.

엄마는 여기 밖에 있을게. 무슨 일이 있으면 나와서 얘기하면 되잖아." 3학년 아이와 유치원생의 긴장한 모습이 역력한데, 잘 할 수 있으니 해보라고 하며 들여보냈다. 한참을 밖에서 기다렸다. 나는 바깥 책꽂이가 아닌 도서관 입구 계단 옆에 서서 기다렸다. '제대로 빌려올 수 있을까?'

"엄마! 다섯 권까지 빌려준대. 나는 네 권, 언니는 다섯 권 빌렸어."

세연이는 제법 본인 수준에 맞는 책으로 골랐다. 너무 높아 보이는 책 한 권만 빼고. 영현이는 네 권 중 한 권만 본인 수준이고, 한 권은 더 어린 책, 두 권은 언니 수준이었다. 도서관에 가는 길은 멀어서 이야기 꾸미기를 릴레이로 하거나 끝말잇기를 하면서 다녔다. 올 때는 빌린 책이 궁금해서 가방에서 책을 한 권씩 꺼내 들고 가겠다는 아이들 덕에 가벼워진 가방 무게만큼 발걸음도 가벼웠다. 이렇게 몇 번인가를 다녀온 후 어느 날부터인가 영현이가 제 수준에 딱 맞는 책들을 골라왔다. 어떻게 제대로 골랐는지 너무 궁금했다.

"야, 이번엔 전부 딱 맞는 책으로 골랐네. 어떻게 제대로 골랐는지 궁금하다."

"엄마 그거 안 어려워!"

"그동안은 너한테 안 맞는 책을 골라오기도 했잖아?"

"히히, 이제는 제대로 고르는 방법을 알지."

"어떻게?"

"궁금하지? 나한테 맞는 책 맨 뒤표지를 보면, 표지 안쪽에 접히는 부분이 있어, 거기에 책 제목이 죽 적혀있거든. 그걸 보고 내가 읽고 싶은 책을 고르는 거야. 그런 다음 책꽂이에 그 책이 있나 확인해서, 있으면 그걸 고르면 돼."

아직 어리게만 느껴지는 아이들에게 뭔가를 혼자서 해보라고 하면 답답할 때가 많았다. 차라리 내가 해줘 버리고 싶었다. 그때마다 생각했다. 결혼할 때 친정아버지가 했던 말씀을…. "네가 원하는 만큼 혼수를 해주기는 힘들다. 시작하는 입장에서는 없이 시작하면 힘들긴 하지. 그런데 하나씩 장만하면서 갖게 되는 기쁨도 크더라. 너도 그런 기쁨을 맛보면서 살면 좋겠다." 정말 처음 장만한 전자제품도 세간도 정이 많이 갔다. 내 아이들도 스스로 해낸 후 느끼는 기쁨을 맛볼 권리가 있단 생각을 그때 하게 됐다. 스스로 해내고 얻게 되는 뿌듯함을 부모라는 이름으로 빼앗을 수 없음도.

06

영어의 바다는 덕수궁

*

눈을 떴다. 하정이와 이진이는 아직 낮잠을 자고 있었다. 집안이 조용했다. 평소 같으면 세연이와 영현이가 놀고 있거나 책을 읽고 있을 텐데, 너무 조용했다. 하정이, 이진이와 놀아주다가 나도 모르게 잠이 들었던 것 같다. 방학이라 늘 집에 있던 아이들인데 어디로 갔는지 알 길이 없었다. 밖으로 뛰어나가 동네 골목을 찾아보았다. 8월 땡볕이라 아무도 보이지 않았다. 골목 밖 구멍가게 아줌마한테 우리 큰 아이들을 봤냐고 물었더니 모른다고 했다. '어쩌나? 어디로 가야 우리 아이들을 찾을 수 있을까?' 구멍가게에 없는 물건을 사려면 위쪽 큰 가게에 다니기도 하는데 혹시나 해서 그 가게에도 들러봤다. 모른다고 했다. 속절없이 매미들만 '삑삑' 대는데, 우리 아이들은 어디 갔을까?

세연이와 영현이는 동네 영어 공부방에 다녔다. 그 공부방에 다니는 아이들이 영어를 잘한다는 소문을 듣고 아는 분 소개로 찾아갔다. 선생님은 네 아이를 한 팀으로 수업한다고 했다. 선생님 앞에 두 아이, 큰 상의 양옆에 한 명씩 앉히면, '아이 콘택트도 잘 되고 집중할 수 있어서'라고 했다. 현재 한 명이 대기 중이지만 세연이랑 두 명만으로는 수업을 시작할 수 없다고 했다. 5학년인 세연이가 친구들이 영어를 배우고 있어서 자기도 빨리 영어를 시작하고 싶다고 했다. 아이가 원하는 만큼 바로 시작하고 싶었는데 팀 구성이 안 돼 마냥 기다려야 한다고 했다. 고민 끝에 "선생님 저희 둘째가 2학년인데 그동안 책도 많이 읽고, 다른 것도 언니랑 함께 해봤는데 곧잘 해요. 언니랑 같이 해도 잘 따라갈 거 같아요. 저희 둘째도 테스트해 보고 괜찮으면 세 명으로 시작해줄 수 있을까요? 제가 힘닿는 대로 나머지 한 명도 알아봐 드리겠습니다." 선생님은 대답하면서도 학년 차이가 너무 나서 안 될 수도 있으니 기대는 말라고 했다. 테스트 후, 선생님에게서 전화가 왔다. 학년이 낮긴 하지만 영현이까지 셋을 한 팀으로 바로 수업을 시작해보겠다고. 혹시 영현이가 힘들다 할 수 있으니 어머니가 꼭 도와줘야 한다는 당부와 함께. 한 달 후 교육비를 내러 가서 우리 아이들이 어떤지 여쭤봤다. 처음에는 기대하지 않았는데 5학년 언니들보다 2학년이 더 잘할 때가 많아 언니들이 긴장한다고 했다. 그렇게 시작했던 영어 공부였다. 같은 팀에서 배우고 있어 수업이 있는 날엔 집에 돌아오면 서로 조잘댔다. 언니가 오늘 뭘 잘못해서 시험을 한 번 더 봤다는 둥, 동생이 수업 시간에 어떻게 대답했다는 둥. 주로 세연이가 스스로 나는 동생보다 잘하지 못해서 속상하단 얘기를 많이 했다.

"쟤는 단어도 안 외운 것 같은데 시험 보면 안 틀려. 난 30분도 넘게 외웠는데 하나 틀렸단 말이야. 나는 왜 못하는지 몰라. 속상해."

"그건 각자마다 얼굴이 다른 것처럼 네가 잘하는 것과 영현이가 잘하는 것이 달라서 그래."

아무리 다독여도 세연이는 자기는 머리가 안 좋은 것 같다며 마음을 끓였다.

"생각해 봐. 엄마가 널 현장답사에 데려가 주지 못해서 자료만 찾아 줬는데도 너는 보고서를 아주 근사하게 잘 만들었잖아. 선생님께 칭찬도 들었다며? 동생들 땜에 엄마가 데려가 주지 못해 미안했는데, 네가 그렇게 근사한 보고서를 썼을 때, 엄마는 네가 참 멋져 보였어. 넌 자료만 있으면 그 자료를 활용해서

훌륭한 결과물을 만들어 내는 능력이 참 좋잖아.”

“그것만 잘하면 뭐 해? 쟤는 영어만 잘하는 게 아니잖아.” 영어 시간에 동생 앞에서 언니로서 면이 서지 않았던 게 못내 속상했던지 세연이는 자꾸 동생과 비교하며 자신을 깎아내렸다. 그런데 두 아이가 같은 팀이어서 이렇게 속상한 일만 있는 건 아니었다. 둘이 같은 팀이어서 단어를 외울 때나 대화체를 연습해야 할 때는 서로의 파트너로 연습하면서 같이 외우기도 하고 복습도 했다. 예습할 때도 동시에 같이 도와줄 수 있어 아주 좋았다.

하정이 이진이가 작은 방에서 놀고 있는 동안 다시 한 번 골목 밖에 나가봤다. 땡볕인 골목에는 여전히 아무도 없었다. ‘대체 얘들이 어디로 간 걸까? 전화라도 해주면 좋으련만….’ 얼마 동안을 기다렸는지 시간이 멈춘 듯했다. 갑자기 열려있는 현관문 쪽 골목 밖에서 아이들이 뛰어오는 소리가 들렸다. 얼른 쫓아 나갔다. 내가 뭐라고 물을 새도 없이 둘이 수첩을 내밀면서

“엄마 이거 봐. 나는 오늘 다섯 명이나 받아왔어.”

“나는 일곱 명 받았지!”

"그럼 덕수궁에 다녀온 거야?"

"응!"

"둘이서만? 걸어서 거기 까지?"

영어 수업을 받은 지 1년 가까이 되자 아이들이 외국인이랑 얘기해보고 싶다고 했다. 주변에 외국인이 많지 않은 시절이었다. 오죽했으면 밖에서 외국인이 눈에 띄는 날에는 집에 돌아와 오늘 서울역에 나갔다가 외국인 한 명을 봤다고 얘기할 정도였을까? 그런데 외국인이랑 얘기해보고 싶다고 했다. 고민 끝에 우리 집에서 가장 가까운 궁궐인 덕수궁에 데려가기로 맘먹고 미리 연습시켰다.

"먼저 외국인을 만나면, '익스큐즈 미, 써얼' 하는 거야."

"그 외국인이 여자분이면 '써얼' 대신 '맴'이라고 해야겠지?"

그런 다음, '제가 영어 숙제가 있어요. 선생님께서 외국인을 만나서 전화번호를 받아오라고 했어요. 제 숙제를 도와줄 수 있어요? 하고 영어를 외우게 해서 데려갔다.

덕수궁 입구 안쪽에 돗자리를 펴고 어린 동생들이랑 같이 앉아 있으면서 두 아이에게 외국인에게 말을 걸어보라고 했다.

"저기 외국인이 있는데 누가 먼저 가서 말을 걸어볼래?" 영현이가 "난 못해!"

"그럼 세연이가 가볼까?" "음, 자신 없는데…"

"그럼 아까 집에서 외웠던 걸 다시 연습해보자."

"익스큐즈미 써얼? 캔 유 헬프 미?" "좋아! 잘하네. 그럼 누가 가볼까?"

"내가 가볼게!" 세연이가 먼저 뛰어갔다. 외국인에게 달려가 얘기를 하고는 수첩과 볼펜을 내밀었다. 그 외국인이 뭔가를 적었다. 아이가 뛰어오며

"엄마! 적어줬어! 미국에서 왔대. 여행하러 왔는데 재미있대." 과연 꼬불꼬불하게 이름과 전화번호가 적혀있었다. 영현이가 호기심 어린 눈으로 보았다.

"나도 해볼까?" 두 번째 외국인이 보여서 영현이에게 가볼 거냐고 물었다. "아니, 아직…" 세연이가

"그럼 언니가 가볼게." 하더니 얼른 달려갔다. 이번에도 수첩을 흔들면서 뛰어왔다.

"엄마, 엄마! 이분은 이탈리아에서 왔대!"

"저기 여자 외국인이시네. 이번엔 어때? 영현아, 가보고 싶지 않아?"

크게 심호흡하더니 가보겠다고 했다. 일어나서 가는 동생 뒤

에 대고 언니가 크게 소리쳤다.

"괜찮아! 우리가 연습한 대로 하면 그 사람이 적어 줄 거야. 너도 할 수 있어!"

영현이가 수첩을 흔들면서 막 뛰어왔다. "엄마, 신기해. 내 말을 알아듣나 봐! 적어줬어. 정말 신기하네."

"어때? 몇 명 더 해보고 싶니? 아니면 집에 갈까?" "엄마, 몇 명 더 받아야지, 재밌는데…" 이렇게 덕수궁에 서너 번 다녀왔었다. 동생들과 엄마가 잠든 여름방학 오후. 심심해서 덕수궁에 다녀왔다는 거였다. 지금은 상상도 되지 않는 일이지만 그때는 어린아이들이 전화번호를 적어달라고 하면 적어주지 않을 외국인이 없었다.

간절한 마음이 있어야 간절한 행동도 나온다. 외국인에게 영어를 말해보고 싶은 간절함으로 찾았던 곳, 덕수궁. 아이들의 영어 목마름을 해소할 수 있었다. 영어 바다에 뛰어들기에도 좋았다.

07

놀이 카드가 쌓이면 한글 목말

*

세연이가 다니던 유치원은 학교 들어가기 전까지도 한글을 가르치지 않는다고 했다. 지금 생각하면 그럴 수 있을까 싶은데 그땐 그럴 수 있다고 엄마들이 용인하기도 했다. 그래서 한글 교육은 엄마 몫이었다. 5살에 한글을 가르치고 싶어서 시도했었다. 하지만 전혀 관심이 없었다. 동화책을 읽어 주고 나서,

"세연아, 네가 한글을 알면 엄마가 읽어 주지 않아도 너 혼자 이런 책도 읽을 수 있어. 한글을 가르쳐 줄 테니 오늘부터 엄마한테 배워보자." 했더니

"엄마가 그림 보면서 얘기하고 있잖아." 했다.

"나도 그림 보면서 엄마처럼 읽을 수 있는데…" 하더니 엄마한테서 들은 내용을 얘기했다.

"아니야, 내일도 엄마가 같은 책을 읽어 줄게 잘 들어봐."

"엄마가 그림만 보고 얘기를 해주면 날마다 하는 얘기가 다를 수 있어. 근데 엄마는 글씨를 보면서 읽고 있어서 항상 같은 얘기로 할 수 있는 거야."라고 말을 했는데도 믿어지지 않는다고 했다.

할 수 없이 다른 방법을 찾아야 했다. 한자는 의미가 있으니 혹시 관심이 있을까 싶어 한자를 가르쳐 보았다. 흥미로워했다. 한자에 하나하나 뜻이 있는 것과 그림 같은 글자가 신기했는지 관심을 보였다. 한자 학습지를 신청했다. 매주 학습해야 하는 한자를 손바닥만 한 종이에 써서 냉장고에 붙였다. 아주 재미있어했다. 정말 신기한 것은 한글을 모르는데 학습지에 나온 그 한자에 해당하는 한글은 제대로 알고 줄을 긋는다는 것이었다.

"이게 무슨 글자야?"

"그건 하늘 천이지" 하며 한글의 '하늘 천' 자와 한자의 '하늘 천' 자를 줄로 이었다.

매주 다섯 글자를 했는데 그에 따른 한글을 용케도 다 알았다. 그런데 그 학습지가 아닌 곳에 같은 글자가 나와서 읽어보라고 하면 더듬거렸다. 한자 학습지 선생님은 혹시 전생에 중국 사람이었던 거 아니냐며 다섯 살짜리 애가 한자를 이렇게 잘하는 건 처음 본다며 신기해했다.

한자에 대한 호기심을 한글로 옮겨주고 싶었다. 쉽지 않았다. 기다려야 했다. 같은 유치원 엄마들이 7세 반이 되자 한글 때문에 걱정했다. 내가 가르쳐 보겠다고 했다. 요일을 정해서 한 달 정도 해보자고 했다. 말을 해놓고 어떻게 가르칠까 고민하다가 책상 서랍에 엄청나게 많이 있는 명함이 눈에 들어왔다. 뒷면이 거의 모두 깨끗했다. 남편이 취재할 때 받았던 명함인데 수첩에 따로 정리해둬서 필요 없다고 했다. 그걸 아이들 한글 공부하는 데 써야겠다고 맘먹었다. 일단 한글 자모의 명칭은 알아야 하니까, 자음 카드와 모음 카드를 만들었다. 자음, 모음이 모여서 글자가 된다는 원리를 설명해 줘야겠다고 생각했다. 그런 후 낱글자들을 카드마다 적었다.

아이들이 오면 그 글자를 가지고 게임을 했다. 글자 카드를 모두 펼쳐두고 내가 단어를 불렀다. 그러면 카드 중에서 낱글자를 골라 해당 단어를 빨리 만드는 친구가 이기는 게임이었다. "사과"하고 말하면 '사'와 '과'를 찾는 것이다. 또 이쪽 편에

카드를 펼쳐 두고 저쪽 편에다 부르는 단어의 카드들을 가져다 놓기를 해서 목표지점에 빨리 가져다 놓는 사람이 이기는 게임도 했다. 건너편 목표지점에 영현이에게 앉아 있으라고 하고, 영현이 앞에 그 단어들을 먼저 가져다 놓는 친구가 이기는 게임이었다. 세연이를 빼고 모두 남자아이들이어서 주로 몸을 많이 움직이는 게임을 좋아했다.

날마다 낱글자 카드를 한 번씩 읽은 후에 여러 가지 게임을 했다. 게임이 끝나고 나서 카드를 비닐봉지에 넣어 치워두었다. 다음 날 오전에 언니가 유치원에 등원하면 네 살짜리 영현이가 그 명함 카드 봉지를 꺼내온다. 집안일 하느라 바쁜 엄마를 도와줄 셈인지 혼자서 명함으로 만든 카드를 가지고 놀았다. 전날 언니 오빠들이 게임을 할 때 옆에서 지켜보며 속으로 익혀둔 모양이었다. 한 장씩 옮기면서 낱글자를 읽다가 모르는 글자가 나오면 엄마한테 가져와서 물어보더니 언니가 한글을 뗄 무렵 영현이도 어려운 받침 글자를 빼고는 읽게 되었다.

하정이가 돌이 지날 무렵부터 일부러 아이들 방 바닥에 책꽂이를 만들었다. 아기인 하정이 손에 책이 쉽게 닿을 수 있도록. 책꽂이에 꽂아둔 50여 권의 책 중에서 읽고 싶은 책을 가져오라고 하면 제대로 골라서 가져왔다. 자신이 좋아하는 책을 꼭 찾아왔다. 또 책 제목을 말해주고 가져오라고 해보면 거의 항상 정확한 책으로 꺼내왔다. 50여 권의 책이 꽂혀 있어서 책 표지가 보이는 것도 아닌데 어떻게 알고 가져오는지 보는 사람마다 신기해했다. 세 돌이 되기 전에 한글에 관심을 보였다. 마침 그 무렵 우리 동네에 자주 들르는 한글 공부 책을 파는 영업사원이 있어 상의했다. 책은 자기한테 사고, 교육은 다른 분에게 의뢰하면 된다고 했다. 교육은 그냥 내가 하겠노라고 했더니 그것도 가능하다고 했다. 이벤트 기간이라 할인도 해주겠다고 했다.

그날부터 하정이와 놀이로 하는 한글 공부를 시작했다. 글자 카드를 읽으면서 그 카드로 미끄럼 놀이를 했다. 스티커도 붙이면서, 붙였던 스티커의 글씨도 읽어보았다. 큰 카드에서 동물 모양을 뜯어내어 입체 동물 그림을 만들기도 했다. 그 동물 카드 뒷면에는 해당 동물의 이름이 적혀있었다. 하루하루 카드로 놀이하며 점차 글자를 읽게 되었다. 엄마가 읽어 준 책을 무릎 위에 올려놓고 한 글자씩 읽어 가는 모습이 신기했다. 손바닥만 한 책으로 동화를 읽어 주면 다 듣고 나서 한 글자씩 짚어가며 읽어보기도 했다. 그렇게 읽은 꼬마 책을 엄마랑 한 줄씩 교대로 읽는 게임도 했다. 언니들이 오면 카드 읽는 게임도 하자고 하면서 한글을 알아갔다. 그래서 하정이는 세 돌이 지나자마자 한글을 읽게 되었다.

며칠 전 한 엄마가 일곱 살 된 아들이 한글을 몰라 걱정이라고 했다. 아무리 해도 안 된다고. 자기만의 고민인가 싶어 맘 카페를 검색해봤더니 7세인데 한글을 못 읽는다는 고민이 간간이 올라오는 걸 보면 생각보다 그런 고민을 하는 엄마들이 많더란 얘기를 했다. 한글을 떼는 건 생각보다 어렵지 않다. 일단 아이가 한글에 관심이 생기도록 책을 읽어 주자. 아이가 관심 있어 하는 물건의 이름을 적어 그 물건에 붙여 줘보자. 그 글자를 낱글자로 분리해서 읽어 주며 아이를 자극해 보자. 한 글자라도 읽을 줄 알게 되면 칭찬을 아끼지 말자. 이런 기회를 늘려가다 보면 아이가 한글을 더 알고 싶어 할 때가 올 것이다. 아이가 관심을 보이는 시기를 놓치지 말자. 공부처럼 말고 놀이로.

08

품앗이

＊

아이가 넷이다 보니 아이들과 놀아주기
힘들 때가 많았다. 한 명이었던 때도, 두 명이었을 때도 힘들
었다. 오히려 네 명이 되니 자기들끼리 놀 때가 많았는데 그래
도 힘들었다. 오전에 집안일을 해두고 잠시 쉬다가 필요한 물
건이 있어서 찾다 보면 황당한 경우가 있었다. 분명 아침에 청
소하며 두었던 자리에 있으리라 생각하며 뒤져봐도 제 자리에
없었다. 한참을 찾다 보면 전혀 엉뚱한 자리에 있을 때가 많았
다. 벌써 아이들이 놀면서 원래 두었던 자리를 바꿔버린 것이
었다. 그럴 때도 지쳤다. 한두 시간만이라도 아이들과 떨어져
있고 싶을 때가 있었다. 아직 어린이집이나 유치원에 보내기
애매한 시기에는 더욱 그랬다.

민제 엄마가 얘기를 나누고 싶다고 했다. 친한 엄마는 아니었다. 아이가 동네 유치원에 같이 다니는 엄마여서 얼굴만 아는 정도였다. 같은 반도 아니고 영현이보다 한 학년 낮은 아이의 엄마다. 무슨 일인지 궁금했다. 차 마시러 오라고 해서 갔다. 나를 자주 봤는데 같이 하고 싶은 것이 있다고 했다. 나를 어디서 봤냐고 물었더니 우리 집 안방 창문 너머로 자주 봤다고 했다. 집에 있기 갑갑해서 동네를 돌다가 우연히 우리 창문 앞까지 온 적이 있었는데, 밖에서 보고 있는데도 알아차리지 못하고 책상에 앉아 뭔가를 열심히 하는 모습이 신선해 보였다고 했다. 그 뒤로도 몇 번 창밖에서 언뜻 봤는데, 머리를 질끈 묶고 앉아서 공부를 하는 것 같았다고 했다. 나는 전혀 몰랐다고 했더니 살짝 웃었다. 창문 앞에 주차 공간이 있어 주차해둔 사람들이 자주 오가기 때문에 신경을 쓰지 않았는데 나를 지켜보는 사람이 있었다는 게 오히려 신기했다.

용건인 즉 품앗이를 하자는 것이었다. 자기는 종이접기를 잘한다면서 1주일에 한 번씩 우리 큰아이들에게 종이접기를 가르쳐 주겠다고 했다. 대신 나는 자기의 아이들에게 책읽기를 지도해 주면 어떻겠냐는 제안이었다. 책읽기를 가르칠 정도는 아니고 우리 아이들이랑 읽고 노는 정도인데 괜찮겠냐고 물었더니 좋다고 했다. 종이접기는 화요일에, 책읽기는 목요일에 하기로 정했다. 학원에 다니지 않던 우리 아이들은 민제네에 가는 날을 좋아했다. 둘이 색종이를 챙겨 들고 현관에서 신발을 채 신기도 전에 끌고 가면서 목소리가 높아졌다.

"다녀오겠습니다!"

민제네 집에 다녀오면 아줌마가 간식도 챙겨주고 종이접기도 가르쳐주었다며, 종이접기 한 것들을 보여 줄 땐 얼굴이 해당화꽃 같았다.

목요일에는 민제랑 동생이 좋아하는 책을 들고 왔다. 둘 다 남자아이였다. 조용했다. 아이마다 다른 책을 읽어서 따로 지도해 주기가 애매했다. 한 명씩 읽고 있을 때 옆에 가서 같이 읽어 주기도 해보았다. 네 아이가 각자 읽고 나서 어떤 내용이었는지 얘기해보는 시간을 가졌다. 서로 다른 책이어서 공감대 형성이 어려웠다. 한 아이씩 발표도 했다. 아직 어린아이들이어서 발표하는 것도 쉽지 않았다. 말을 하다가 막히거나 어색해하면 거들어줬다. 제일 어린 민제 동생은 웃기만 하고 말았다. 책 읽는 동안에는 거실에서 각자 앉아서 읽느라 조용했다. 그래도 간식을 먹는 시간에는 웃으며 얘기도 나눴다.

이런 식으로 아이들을 지도해본 적이 없어 어찌해야 할지 모르겠다고 했더니 민제 엄마는 그래도 좋다고 했다. 처음 시작할 때는 아이들이 거실에 앉아서 읽었는데 조금 지나자 엎드려서 읽기도 하고 자세가 좀 더 자유로워졌다. 어느 날은 네 명을 같이 앉혀 놓고 내가 책을 읽어 주기도 했다. 네 아이가 나이 차이가 있어서 책을 고르기가 쉽지 않았지만 한 번씩 그렇게 집중해서 읽어 주는 것도 괜찮았다.

하정이가 네 살이 되자 부쩍 친구들을 좋아했다. 같은 골목에 여자 친구들이 두 명 있었는데 길에서 만나면 유난히 반가워했다. 큰아이들이 학교에 간 시간 동안 친구들 집에 놀러 가거나 우리 집에 오라고 하고 싶어도 민폐인가 싶어 차마 입이 떨어지지 않았다. 마침 두 아이의 엄마를 골목에서 만나게 되었다. 혹시 아이들 셋이서 같이 활동을 하는 것에 대해 어찌 생각하는지 넌지시 물어봤다. 아직 어린이집에 보내기도 애매했는데 잘됐다며 좋아했다.
주로 미술 놀이를 많이 했다. 점토로 조물조물 만들기를 하거나 색종이 찢어 붙이기, 협동화 그리기, 물감으로 손도장 찍기, 물에 전분을 풀어 잡아보기 등을 했다. 만들기가 잘 안되거나 그리기가 안 되면 속상해하는 모습조차도 귀여웠다. 놀이처럼 숫자를 가르쳐 주고 싶어 '보육사'에 가서 놀이용 숫자도 사다가 놀아주었다. 책을 읽어 주기도 하고 몸을 움직이는 놀이도 하며 1주일에 두 번씩 오전 시간에 같이 활동했다.

어느 날은 찹쌀가루를 익반죽해서 동그랗게 빚어, 뜨거운 물에 튀긴 후 카스텔라 가루에 굴려 경단도 만들었다. 자신들이 만든 경단을 먹으면서 맛있다고 했다. 집에 가져가라고 했더니 함박웃음을 웃으며 경단 담은 도시락을 조심스레 들고 가기도 했다. 그렇게 수업을 한 후로 아이들끼리도 친해지고 엄마들과도 전보다 친해졌다. 어쩌다 일이 바쁠 때 우리 아이가 그 친구들 집에 놀러 가게 돼도 맘이 편했다. 그 친구들이 이사 가기 전까지 삼총사로 지내게 되었던 좋은 시간이었다.

요즘은 이전보다 육아 품앗이나 공동육아가 활성화된 분위기이다. 이전처럼 굳이 가정집에서 하지 않아도 된다. 장소나 물품을 제공해주는 곳도 많다. 특히 코로나19로 인해 오프라인 활동이 활발치 못하다 보니 아이들의 사회성에 대해 우려하는 사람들이 많다. 또 형제자매가 없는 외둥이의 사교성을 걱정하는 부모도 적지 않다. 공동육아나 육아 품앗이는 친구들과 관계 맺기를 자연스럽게 할 수 있는 기회이다. 또 육아 스트레스가 많은 부모도 잠시나마 스트레스에서 벗어나기에 좋다. 혼자 내 아이를 보면서 제대로 하고 있는지 고민하고 어려워하던 문제들, 코로나로 인한 우울감 등도 공동육아를 하면서 서로에게 조언을 주고받다 보니 저절로 해결할 수 있어 좋았다고 말하는 사람이 많다. 육아 스트레스에서 잠시 탈출하고 싶거나, 아이의 사회성이 걱정될 때, 공동육아를 시도해보는 것도 좋은 방법인 듯하다.

09

동생도 언니를 가르칠 수 있어요

＊

요즘 오픈 채팅방에서는 '가르치고 배우면서 서로 성장한다.'는 의미(교학상장 敎學相長)로 나이와 관계 없이 채팅방 멤버 누구에게나 '선배님'이라고 부르는 분들이 많다. 수평적인 관계를 느끼게 돼 기분이 좋아지는 단어다. 우리 가족은 누구라도, 모르는 게 있으면 아무에게나 묻는 걸 어려워하지 않는다. 아빠가 딸들에게, 엄마가 딸들에게, 언니가 동생에게도. 연구원인 아빠가 일하면서 어떤 프로젝트의 예상 수치를 산출해야 할 때, 그에 맞는 수학 공식이 떠오르지 않는다며, 필요 부분에 대한 문제를 가족 단톡방에 올릴 때가 있다. 이러이러한 문제를 풀어야 하는데 어떤 공식을 적용해야 할까 하고… 그러면 네 아이 중, 풀어보고 얼른 답을 올려주기도 하고, 그 사이 아빠가 해결했다고 하기도 한다.

세연이는 고2 겨울방학 때부터 영어학원과 수학학원에 다녔다. 그 외 나머지 과목은 혼자 했는데 수학, 과학 문제를 풀다가 안 되는 날은 동생이 귀가하길 기다렸다. 동생 영현이는 과학고를 준비하느라 집에서 좀 떨어진 학원에 다녔다. 그 당시에는 학원 끝나는 시간이, 밤 10시 규정이 없을 때였다. 특목고 준비하는 아이들 대부분은 새벽 1시까지 수업받거나 보충 수업을 받던 때였다. 우리는 자기 차가 없었다. 이미 대중교통이 끊기는 시간이라, 우리 집 방향으로 퇴근하는 학원 선생님이 집 근처 큰길까지 태워다 줘야만 집에 올 수 있었다. 선생님이 학원에서 정리해야 할 일이 있을 때는 더 늦게 오는 날도 있었다. 언제 올지 모르는 동생을 기다렸다가 동생에게 모르는 걸 물어서 배웠다. 어느 때는 동생이랑 머리를 맞대도 풀리지 않아 늦은 밤까지 잠을 못 잘 때도 있었다. 겨우 풀리면 서로 좋아하다가 가족들이 깰까 봐 속삭이며 좋아하기도 했었다. 세연이는 그렇게 언니에게 가르쳐 주는 동생이 자랑스럽다며, 동생 덕에 이해가 잘 됐다고 좋아하기도 했다. 동생인 영현이는 그럴 때마다 약간 멋쩍어하면서도 언니에게 정성껏 가르쳐 주었다. 성의껏 가르쳐 주는 동생도, 동생에게 배우는 것에 부끄러워하지 않는 언니도 늘 감사했다.

동생이 언니를 가르치는 일은 셋째, 넷째도 마찬가지였다. 셋째가 고등학생이었을 때 이해 안 되는 부분을 학교 선생님에게 물었다고 했다. 쉬는 시간에 질문을 했더니 시간이 많지 않다며 가르쳐 주었는데, 이해가 덜 되었다고 동생에게 가르쳐 달라고 했다. 그러면서 하는 말이 "선생님이 짧은 시간이라 더 자세히 못 가르쳐 줘서 미안하다고 하셨어. 괜찮다고 말씀드렸지. 집에 가서 동생한테 물어보겠다고 했더니 선생님께서 의아해하셨어." 그때 선생님 표정이 떠오른다며 하정이가 웃었다. 과학고를 준비하던 동생에게 이과생이었던 하정이도 모르는 것을 물어보곤 했다. 동생이 가르쳐 주면 선생님이 가르쳐 줄 때보다 더 이해가 잘 된다며 동생에게 물어보는 게 편하다고 했다.

하정이가 고3 수능 전, 동생한테 과학 문제를 물어볼 때였다. "근데 언니, 이거 수능 볼 때 어떻게 풀어야 하는 줄 알아? 수능 볼 때는 이런 문제는 이렇게 풀면 돼." 하며 중 3짜리가 고3 수험생에게 수능 치는 방법을 가르쳐줬다. 수능을 치르고 온 하정이가 하는 말 "잘 안 풀리는 문제였는데 이진이가 가르쳐 준 방법으로 풀었더니, 네 문제나 더 맞았어." 하정이도 동생이 가르쳐줘서 잘 할 수 있었던 것에 대해 고마워했다.

비단 공부에 관해서만이 아니다. 고민이 있을 때도 세연이나 하정이는 막내에게 고민 상담을 하기도 한다. 친구랑 있었던 일이나 회사에서 있었던 일을 이진이에게 말하면서 조언을 구한다. 이진이는 고민을 잘 들어준 후 해결 방법을 말해주기도 한다. 세연이가 국가고시 공부를 하던 때였다. 짧은 기간 동안 결과를 내고 싶어 했다. 몰입해서 하는데도 잘 안된다며 공부 방법을 물을 때도 이진이에게 물었다. 무려 열 살의 나이 차이인데도 동생에게 조언을 구해 해결되면 좋아했다. 그렇게 힘겨웠던 문제들을 해결하고 나면 세연이는 막내를 '친구야' 라고 부르기도 한다.

내가 가르쳤던 학생 중에 아직 어린 학생인데도 배울 점이 참 많은 친구가 있었다. 초등학교 6학년 12월에 처음 영어를 배우기 시작했는데, 외고에 들어간 친구다. 스스로 관리하는 방법들이 어른인 내가 봐도 정말 대단하다는 생각이 들었다. 그 아이를 가르치러 가면, 1주일 공부했던 것 중 한두 가지만 가르쳐 주면 수업이 끝났다. 교재에 딸린 테이프를 여러 번 듣고도 이해가 되지 않는 것만 형광펜으로 칠해두었다. 형광펜 색깔이 달라서 물어보면 연두색은 처음 봐서 이해 안 된 것, 핑크색은 두 번 봤던 것, 보라색은 세 번 보고도 이해가 안 된 것이라며 보라색만 가르쳐 주면 된다고 했다.

공부 습관뿐이 아니다. 학교에서 공책 정리를 하면, 친구들이 이 아이 공책을 베끼고 싶다며 빌려 달라고 한다고 했다. 공책을 누구에게든 잘 빌려줘서 그 학교 같은 학년에는 공책 정리를 잘한 아이들이 너무 많아 선생님들이 수행평가 점수를 매기기가 힘들다는 소문이 있을 정도였다. 스스로 맘먹고 공부하는 방법을 새롭게 몸에 붙여야 하는 경우에도 서슴없이 자신의 공부 방법을 바꾸는 등 어린 학생이라 믿기 어려운 아이였다. 방문 수업에서 가르쳐 줄 게 없어서, 한 아이당 할당된 30분 중 남는 시간에는 뭘 하고 싶냐고 물어보았다. 다른 아이들이나 내 주변의 다른 사람들의 공부법을 물어오곤 했다. 아는 만큼 공부 방법을 가르쳐 주었다. 그다음 주에 만나서 물어봐도 한 달 후에 만나서 물어봐도 새로운 방법을 적용해가며 공부하고 있을 때 절로 감탄하게 된다. 그럴 때 난 그 아이에게 "너를 보면 배울 점이 참 많다. 너는 내 선생님 같아."라고 얘기해주곤 했다. 그때마다 그 아이는 멋쩍어했다.

내가 내 어린 학생에게 그런 말을 했다고 하면 이해가 안 된다고 말하는 사람도 있다. 스스로 생각을 해봤다. '왜 나는 그런 말을 쉽게 할 수 있는데 다른 사람들은 그게 이상하다고 하나? 하고. 내게도 그런 경험이 있어서였다. 중2 때 국어 선생님이 어떤 내용이었는지는 기억이 나지 않지만, 뭔가 수업 시간에 틀리게 가르쳐 주셨다. 그래서 말씀드렸더니 그 선생님께서 "네 말이 맞다. 네가 나보다 낫다." 하셨다. 아마 그때의 느낌이 좋았기에 내 학생에게도 내 아이에게도 '네가 나보다 낫다' 는 말을 쉽게 했던 것 같다. 교학상장이란 이렇게 위아래 없이 서로를 존중해줄 때 자연스럽게 이루어지는 것이 아닐까 생각해 본다.

03

놀이처럼
습관 잡는 방법

01

아이 이야기 잘 들어주는 법

*

막내 이진이가 초등학교 1학년 1학기 때, 마지막으로 짝꿍을 바꾸던 날, 집에 오자마자 방 한쪽 구석으로 가서 가만히 앉아 있었다. 설거지하다 말고 고무장갑을 벗었다. 방에 들어가 무슨 일인지 물어봤다. 많이 우울하다고 했다. 왜 우울한지 물어봤다. 다른 친구들은 모두 한 달에 한 번씩 짝꿍을 바꿨는데, 자기만 같은 짝꿍으로 계속 앉아서 슬프다고 했다. 1학기가 끝나 가는데 같은 친구하고만 계속 앉게 돼서 속상하다는 얘기였다. 그 친구는 지적장애가 있는 아이였다. 이진이가 챙겨주면 무척 좋아한다고 했다. 아이 엄마도 담임선생님도 이진이가 있어 든든하다고 했다. 가족봉사단으로 활동하며 중증 복합 장애가 있는 분들을 자주 만나서였을까? 이진이는 다른 학생들보다 그 친구를 잘 챙긴다며 담임선생님이 칭찬을 많이 했다. 혹시 그 친구가 싫어서인지 물어보았다. 그 친구가 싫은 건 아니라고 했다. 다만 다른 친구들은 여러 짝꿍을 만나면서 친한 친구들이 많아졌는데 자기는 내내 한 친구하고만 앉다 보니, 다른 친구들이랑 친해지기 어려워서 속상하다고 했다. 모둠 활동할 때 잠깐 다른 친구들과 같이 앉긴 하지만 짝꿍만큼 친해지지 않는 것 같다고 했다.

요즘처럼 장애우가 있는 반에 보조 선생님이 있는 때가 아니었다. 담임선생님은 1학년 아이들 한 반 학생들만으로도 버거운데, 그 아이가 있어 힘들다고 했다. 마침 우리 이진이가 그 아이를 잘 챙겨서 고맙기도 하고 믿을 만도 해서 같은 짝으로 계속해주었다고 했다. 그 아이는 다른 친구들 이름은 모르는데 우리 이진이 이름만 부르면서, 뒤를 쫓아다닌다고 했다. 아이와 얘기를 나눈 후 담임선생님에게 전화했다. 아이가 우울해한다고 했더니 선생님이 깜짝 놀랐다. 다른 친구를 사귀지 못해 속상해할 것을 생각하지 못했다고. 아이한테 미안하다고 했다. 그리고는 다음 날 바로 짝을 바꿔주었다. 고무장갑을 벗고 아이 얘기를 들어줬기에 우리 아이의 어려움을 해결했던 일이었다.

아이를 키우다 보면 때로 내 맘 같지 않게 아이가 서운해할 때가 있다. 내 생각에는 타당하다고 생각하며 한 말이나 행동이 아이를 아프게 하기도 한다. 온전히 아이가 된다는 건 어렵지만 대부분의 엄마는 아이의 입장이 돼보려고 생각해 본 적이 많을 것이다. 이럴 때마다 내가 아이를 제대로 키우고 있는 거 맞나? 하며 스스로 질문을 해볼 때도 많을 테고. 어렵게 생각하지 않아도 된다. 아이 성향에 따라 다르긴 하지만 대부분 아이는 엄마가 자기를 이해해준다고 느끼게 되면 맺혔던 마음이 쉽게 풀린다.

세연이는 늘 엄마가 동생만 챙기고 자기한테는 관심이 없는 것 같다고 했다. 그런 엄마가 밉다고 할 때도 있었다. 아이에게는 변명처럼 들릴 것 같은 말도 해줬지만 세연이는 받아들이지 않았다. 그럴 때마다 고민하게 되었다. 어떻게 하면 아이의 맘이 편안해질까? 하루는 아이 손을 잡고 집 가까운 서점에 가, 책을 사주려는데 눈에 확 들어오는 책이 있었다. 《형을 낳아주세요》라는 책이었다. 엄마가 동생만 챙기고 주인공을 챙겨주지 않아 속상해하는 여러 사건이 있었다. 동생이 부럽기만 한 주인공은 동생이 되고 싶어 했다. 엄마의 처우가 부당하다고 느껴질 때마다 엄마한테 형을 낳아달라고 얘기하는 창작

동화였다. 세연이한테 그 동화책이 어떤지 물었더니 무척 좋다고 하며, 사달라고 했다. 엄마가 동생만 좋아하고 형을 챙겨주지 않는 것이 꼭 자기 얘기 같다고. 하드커버인 그 책이 너덜너덜해질 정도로 끌어안고 다녔다. 낮에 책을 읽어 줄 때도, 자기 전 책을 읽어 주겠다고 할 때도 매번 그 책을 꺼내와서 읽어달라고 했다. "엄마, 형을 낳아주세요."라고 하는 대목이 나올 때면 세연이는 비죽이 웃곤 했다. 어떤 생각이 드는지 물어보면 엄마들이 나쁜 것 같다고. 동생만 챙기고 형을 안 챙겨서 속상하다고 했다. 세연이도 동생보다 두 살 많은 어린아이일 뿐이라는 생각을 하며 미안함을 느끼게 하는 일이었다. 미안하다고 얘기해줬더니 그래도 괜찮다며 활짝 웃었다. 서운한 마음을 녹여주는 동화책으로 아이의 속상함을 풀어주었던 일이었다.

어쩌다 한 번씩 가게 되는 외가에는 내 주변에서는 보기 힘든 정경이 있었다. 외숙은 아들인 오빠나 동생에게 바둑이나 오목을 같이 두자고 했다. 그냥 오목이나 바둑을 두기만 하는 게 아니었다. 바둑을 두면서 외숙은 아들들에게 말을 걸었다. "요즘 어떠냐? 공부하는 데 힘든 건 없고?" 눈은 바둑판에 두고서 아들들에게 어렵거나 힘든 일이 있는지 물었다. 그렇게 이야기를 나누다가도 당신이 불리 한 상황이 되었을 때는 물러 달라고 하기도 했다. 당신은 물러달라고 하면서도 아들들이 물러달라고 하면, 안 된다고 할 때도 있었다. 아들들은 떼를 쓰며 "아버지가 그러시면 안 되죠."라고 얘기할 때도 있었다. 옆에서 보고 있자니 '외숙이 부러 저러시는구나.' 하는 생각이 들 때가 가끔 있었다. 아이들과 소통하거나 아이들의 어려움을 살피고 싶어서 바둑을 핑계로 아들들의 상황을 살핀다는 느낌도 들었다. 어리지만 어른에게 뭔가 자기주장을 해야 함을 보여 주려는 것 같은 분위기이기도 했다. 외숙은 고등학교에서 교무주임이었는데 아들들에게 엄한 선생님처럼 하지 않고 아이들이 마음을 열 수 있는 시간을 주고 있다는 생각이 들게 했다. 옆에서 보고 있으면 마냥 부러운 장면이었다. 내가 사는 시골에서는 거의 본 적이 없는 그림이었기 때문이다. 어린 마음에 '우리 아버지도 저렇게 해줄 수 있을까?' 라는 생각을 해봤다. 어림없는 그림 같았다. 외숙과 아들들의 바둑 두는 장면은 어릴 적 내 눈에 비친 부러운 사진 한 컷이었다. 내 아이들의 상황을 살피고 싶을 때, 쌀가루를 빻아 왔다. 주방에 상을 펴고 아이들과 새알심을 만들었다. 새알심이 한 쪽에 쌓이는 동안 우리 아이들의 이야기도 쌓였다. 크고 동그란 새알심도 있고, 작고 삐뚤어진 새알심도 있었다. 우리 아이들의 색색이 다른 이야기처럼.

아이들 이야기를 들어줄 때는 아무리 바빠도 고무장갑을 벗었다. 때로는 책을 같이 읽으며 마음을 만져주기도 했다. 이야기에 너무 집중하는 느낌이 들지 않게, 손으로는 뭔가를 만들기도 하면서. 자연스럽게 속 이야기가 나올 수 있는 분위기를 만들려 했다. 외숙을 흉내 내보려고 말이다. 아이들이 많고 바쁜 엄마여서 필요할 때마다 채워주지 못한 미안함을 덜어보려 가끔 도넛도, 핫케이크도, 타래과도 만들며 주말을 이야기 파티하는 날로 만들기도 했다.

제대로 듣기 위해서는 귀뿐만 아니라 눈과 몸 등 우리의 다른 기관도 필요하다고 한다. 듣기의 가장 높은 단계는 마음으로 듣기이다. 상대의 감정을 읽어 주는 듣기. 아이의 감정을 읽어주며 들으려 했더니 쉽게 마음을 열 수 있어 좋았다. 온전하게 상대의 입장이 될 수는 없을 테지만, 마치 상대방이 된 것처럼 생각하고 느껴보는 것. 이것이 진정한 듣기가 아닐까 생각해 본다.

02

자기 전 책 읽어주기

*

책을 좋아하고 많이 읽는 아이들을 보면 부러울 때가 많았다. 고등학교 때 늘 책을 손에서 놓지 않던 친구가 있었다. 선옥이는 말을 할 때나 글을 쓸 때, 다른 이의 가슴에 와닿는 멋진 말을 잘 썼다. 그 친구가 말을 할 때마다 '어쩜 저렇게 상황에 딱 맞는 표현을 할까?' 라는 생각을 했다. 따뜻한 말도 잘하지만 부당한 상황이라고 느낄 때는 통쾌하게 멋진 말 펀치를 날리기도 했다. 그런 언변 덕인지 좋아하며 따르는 친구들도 참 많았다. 선옥이의 그런 힘이 독서에서 나왔다는 걸 알게 됐다. 아이 엄마가 된 후 내 아이들도 그 친구처럼 멋진 사람으로 키우고 싶다는 생각을 자주 했다.

친하게 지내던 동네 엄마가 있었다. 아이들이 우리 아이들보다 몇 살 더 많았다. 그 엄마의 큰 아이는 아침마다 제대로 챙기고 나가기도 바쁜 중학생이었다. 시간이 촉박해 정신없는 아침 시간에 아이가 화장실에 책을 들고 들어가면 빨리 나오질 않는다고 했다. 애를 태우다 못해 아침마다 아이와 싸우게 된다고 했다. 그렇게 하루를 시작하고 나면 오전 내내 기분이 좋지 않아 힘들다고 했다. 그 엄마의 고민거리가 내게는 부러움이었다.

"어떻게 하면 책을 그렇게 좋아해요?" 했더니 다른 건 모르겠고 매일 밤 책을 읽어줬다고 했다. '아하! 자기 전에 책을 읽어주기!' 아이들이 책을 좋아할 방법을 알았다는 기쁨에 내가 할 수 있는 일을 찾은 듯했다. 그 얘기를 들은 후 집에 있는 책부터 도서관에서 빌려오는 책까지 다 읽어 주기 시작했다. 낮에 읽어 주는 때도 많았지만 그 엄마 얘기를 들은 후부터는 밤에 자기 전 책 읽어 주기가 일상이 되었다. '아무리 바쁘고 힘들어도 잠자기 전에는 꼭 책을 읽어 주리.'

책을 읽어 주며 재우기 이전에는 아이들을 끌어안고 같이 누워서 재웠다. 그런데 책을 읽어 주려니 엄마가 같이 잠자리에 누울 수가 없었다. 불을 끄고 재워야 하는데 책을 읽으려면 불을 켜야 했기 때문이다. 엄마인 나는 책 때문에 밝은 곳에 있어야 하고, 아이들은 불이 꺼진 곳에 있어야 하는 상황이 익숙지 않았다. 그래도 읽어줘야겠다고 맘먹었다. 아이들을 잠자리에 들게 한 후, 엄마가 읽어 줄 테니 들으라고 하고 살짝 기울인 방문 앞에서 읽어줬다.

아무래도 재우는 방식이 달라져 아이들이 불안해 할 것 같았다. 책을 읽어 주기 전에 먼저 같이 누워서 충분히 스킨십을 하며 상상 놀이를 했다. 상상 놀이는 주로 두 아이를 양옆에 끼고

"자, 엄마는 날개옷을 입고 하늘로 올라가고 있어요. 혼자 날아가면 안 되겠죠?"

"우리 두 딸내미를 양옆에 끼고 올라갑니다."

"슈우우웅, 우리 빌라 위만큼 올라왔네요."

"뭐가 보이는가?"

"우리 빌라랑 옆집들도 보이고 지나가는 사람들도 보여."

"그럼 조금만 더 올라 가 봅시다."

"이제는 뭐가 보이는가?"

"우리 동네가 다 보이네. 저기 큰길에 지나가는 차들도 보이고…"

"그럼 좀 더 올라가 볼까요?"

이런 식으로 우리 주변에 관심도 갖고 사고의 폭도 넓힐 수 있었으면 하는 맘으로 먼저 상상 놀이를 했다. 꼭 끌어안아 준 다음, 인제 책을 읽어 줄 테니 듣다가 졸리면 자라고 얘기해줬다. 두 아이씩 재우기 때문에 두 아이에게 맞는 책을 골라 읽어줬다. 아이들 수준이 다르지만, 동생 것, 언니 것 따로 읽어 주면서 그냥 들으라고 했다. 동생에게 수준이 높은 책이어도 듣기만 할 때는 특별히 어려워하지 않아서 괜찮았다. 평소에 관심이 없던 책이라도 자기 전에 읽어 주면 다음 날 아침에 일어나 그 책을 펼쳐서 보았다. 어느 때는 잠들기 전에 그 책을 다 읽고 자겠다고 하기도 했다.

읽어 줄 책을 정할 때, 아이들에게 정하라고 하면 좋아하는 책만 여러 번 읽어달라고 할 때가 많았다. 좋아하는 책을 여러 번 읽어 주면 거의 외워서, 엄마가 읽어 주기 전에 책 내용과 똑같이 먼저 말하는 때도 많았다. 나중에는 이거 말고 다른 책으로 하자고 하면서 엄마가 원하는 책으로 유도해야 했다. 아빠가 일찍 퇴근한 날은 아빠한테 부탁하기도 했다. 아빠의 묵직한 목소리가 아이들의 정서 안정에 도움이 된다는 신문 기사를 읽은 후부터였다. 정말 아빠가 읽어 주면 아이들이 더 좋아하는 듯했다. 재미있는 내용이 나오면 더 큰소리로 웃었다. 그러면서 아빠한테 그 부분을 다시 한번 읽어달라고 할 때도 있고 다른 책을 더 읽어달라고 할 때도 있었다. 내가 재울 때보다 시간이 더 길어지는 것 같아 남편에게 미안할 때도 있었다. 아빠가 읽어 주는 날은 나도 육아에서 벗어나 잠시 쉴 수 있는 시간이기도 하지만, 아이들에게는 색다른 편안함을 느낄 기회이기도 했다.

일을 시작하기 전부터 했던 '잠자기 전 책 읽어 주기'는 일을 할 때도 계속했다. 가끔 시골에서 어머님이 올라오셨을 때도 예외 없이 읽어 줬다. 그런 내가 안 됐다는 마음이셨는지 어머님은 "너 같이 애들을 힘들게 키우는 사람은 첨 본다." 애들은 그냥 자라고 하면 되지, 무슨 책을 읽어 주면서까지 재워야 하냐고, 그러고서 언제 쉴 거냐고 하셨다. 어머님은 그렇게 말씀하셨어도 나의 육아 방식이 맘에 들지 않아서라기보다는, 온종일 피곤하게 일했으면 밤에는 좀 더 일찍 쉬었으면 하는 맘이셨을 게다.

이렇게 잠자기 전 책 읽어 주기로 키운 우리 아이들, 도서관 책도 집에 있는 책도 부지런히 읽으며, 내가 부러워했던 '책과 친한 아이'들이 되었다. 학교 도서 대출 1위이기도 했고, 동네 주변 도서관에서도 최다 독서 상도 받았을 만큼 책을 좋아했다.

잠자기 전에 책을 읽어 주면 얻을 수 있는 효과가 많다. 어휘력과 상상력도 풍부해지고, 생각의 폭도 넓어지며 정서적 안정감도 얻는다. 정서적 안정감이 높으면 자존감도 높아질 뿐만 아니라 긍정적인 생각도 많이 한다고 한다. 잠들기 전에 책을 읽어 주는 것만으로도 '이제 잠잘 시간' 이라는 의식을 하게 되어 규칙적인 수면 습관 형성에도 도움이 된다. 조금의 귀찮음만 이기면 이렇게 큰 효과를 누릴 수 있는데 '자기 전 책 읽어 주기' 를 하지 않을 이유가 있을까?

03

수학 공부를 백과사전으로

*

여러분은 여름방학을 어떻게 보냈나요?
방학 무렵이 되면 우리 학생들에게, 가끔 들려주던 큰아이 세
연이 얘기다. 5학년 여름방학이 되기 1주일 전 세연이, 영현
이, 엄마, 아빠가 모여서 이번 여름방학을 어떻게 보내고 싶은
지 이야기를 나눴다. 세연이는 이번에는 기필코 수학 실력을
올려보고 싶다고 했다. 어떻게 해야 할까 고민하는데, 아이 아
빠가 집에 있는 '중학생을 위한 백과사전' 중 수학 편을 공부
해보는 것이 어떠냐고 했다. 속으로는 '만만치 않을 텐데…'
하고 생각했지만, 내색은 하지 않았다. 세연이는 책을 쭉 훑어
보더니 백과사전으로 해보겠다고 했다.

5학년이 되자, 막냇동생 이진이가 생겨서인지 세연이가 부쩍

더 의젓해졌고 남을 챙기는 마음새도 더 고왔다. 친구들과도 더 활발하게 교류하고 동네 친구 집에 잠깐씩 놀러 다녀오곤 했다. 어느 날 "혜진이는 여의도에 있는 수학 전문학원에 다닌 대." 또 어느 날은 "학교에서 수학 영재반을 선발하는 시험을 봤어." 했다. 자기는 시험을 잘 못 본 것 같다며 속상해했다. 자주 놀던 친구와 속으로 경쟁하고 있었던지 그 친구는 영재 반에 뽑혔는데 자기는 떨어졌다며 풀이 많이 죽어있었다.

"영재반은 5학년만 하는 거야?" "5, 6학년 모두 합해서 20명 만 뽑았어."

"그럼 내년에도 기회가 있는 거네."

"올해 열심히 해서 내년에 영재반에 들어가자"

학습지로 해보려니 단기간에 될 것 같지 않고, 괜히 아이의 스 트레스만 쌓일 것 같았다. '좋은 방법이 없을까? 학원에 보낼 형편도 안 되지만 학원을 보내는 것만이 능사는 아닐 텐데…'

"학기 중에는 지금처럼 아침 일찍 일어나 운동과 명상, 예습하 는 것만 하고 방학을 활용해보자."

방학 1주일 전, 여름방학 동안 지낼 계획을 짜보라고 했다. 세 연이는 하드커버인 백과사전을 놓고 이리저리 넘겨보고 목차도 보더니 모르는 말이 꽤 있다고 했다. 모르는 것은 사전을 찾아보든가 엄마·아빠한테 물어보라고 했다. 엄마·아빠도 모르면 같이 방법을 찾아보자고 했다. 세연이가 제법 처음부터 끝까지 계획표를 촘촘하게 짜왔다. 그래도 할 수 있을까 싶어 스스로 긴장이 되는지 가끔 백과사전을 펼쳐보기도 하고 심호흡하기도 하며 1주일을 보냈다. 드디어 방학이 되었다. 빌라 1층인 우리 집은 지열 때문에 안방이 제일 더웠다. 에어컨도 없이, 선풍기 하나에 의지하며 안방 창가 쪽 책상에 앉은 세연이는 커다란 백과사전을 펴놓고 읽으며 공책에 정리했다. 창가라서 책상이 너무 덥게 느껴질 때는 앉은뱅이 밥상을 펼쳐서 하기도 했다.

책을 읽고 정리하는 것을 잘하는 아이였다. 정리한 내용을 보여 주며 나름 재미있다고 했다. 방정식이며 함수, 도형, 통계 등의 개념으로 하루하루 정리 공책을 채워 갔다. 1주일쯤 해보더니

"엄마, 계획했던 것보다 진도를 더 빨리 나갈 수 있을 것 같아."

"그래? 그럼 최대한 네가 지치지 않고 할 수 있을 만큼만 해봐."라고 했더니 그리해보겠다고 했다. 드디어 여름방학 절반

이 지나고 3주째가 되었다.

"엄마, 지금 속도로 하면 이번 주말 전에 개념 정리는 다 끝낼 수 있을 거 같아. 나머지 1주일은 어떻게 하면 좋을까?"

"어디 백과사전을 다시 한번 보자." "아. 여기 유제 문제랑 예제 문제가 있네. 한 용어 당 세 문제씩만 풀어보면 어떨까?"

"오, 그러면 되겠네."

"이번 주중에 정리를 끝내고 다음 주에는 문제를 풀어봐야겠다."

스스로 계획 수정을 해가며 3주간 개념 정리를 끝내더니 4주 차에는 문제를 풀기 시작했다.

방학 마지막이 되기 전날까지 문제 풀이 부분을 모두 마쳤다. 새 책이었던 수학 백과사전의 하드커버는 제법 몇 년 된 책처럼 해져있었다. 새 책이어서 잘 넘겨지지 않던 백과사전이 세연이의 손때가 묻어 어느 때 어디를 펼쳐도 수월하게 잘 넘어가는 책이 되었다.

2학기 개학하자마자 아이에게 미션을 주었다. 영재반 아이들이 어떤 책으로 수업하고 있는지 알아 오라고.

"이제 네가 어느 정도 수학에 대한 감이 잡혔으니 내년에는 꼭 영재반에 들어가자. 그러려면 그 아이들의 진도를 따라잡아야 하겠지? 그래야 너도 수월하게 할 수 있을 테니까."

미션을 준 지 며칠 만에 알아 왔다며 00 출판사의, '수학올림피아드'라는 문제집이라고 했다. 당장 교보문고에 가서 사다가 계획을 짜보라고 했다. "5, 6학년이 하는 수업이니까 아마이 책 절반은 이번 해에 나갈 것 같아. 그러니 이번 학기에는이 책 반절까지 푸는 걸 목표로 해보자." 5학년 2학기 동안 올림피아드 문제집을 붙잡고, 풀다가 안 풀리면 가져와 물어봤다. 가르쳐 줄 수 있는 문제가 생각보다 많지 않았다. 오히려어떻게 풀었는지 내가 물어봐야 할 정도였다. "안 되겠다. 아빠 오시면 같이해보자." 아빠도 못 푸는 문제는 그냥 넘어가기로 하면서 하루하루를 쌓아갔다.

그렇게 2학기와 겨울방학을 지냈다. 드디어 6학년 학기 초, 우리가 기다리던 영재반 모집 시험이 있었다. 세연이는 거뜬히풀었다며 이번엔 영재반에 뽑힐 것 같다고 좋아했다. 며칠 전전교 어린이회장에 떨어져 속상했는데 영재반에 뽑혀 속상한마음이 모두 가셨다고 했다. 전교생 4, 5, 6학년 1,000명 넘는 학생이 투표했는데 17표 차로 회장에서 떨어져 아주 속상했던 마음이 모두 없어졌다고 좋아했다. 드디어 영재반 첫 수업을 다녀오더니

"엄마, 수업 진도가 나 혼자 했던 것보다 늦더라고. 내가 했던 것의 3분의 2 정도만 나갔어."

혼자 2학기와 겨울방학 동안 나갔던 진도가 영재반 친구들이 1년 동안 공부했던 진도보다 더 나갔더라며 얼마나 좋아했던지. 중3 때, 책 정리를 하다가 5학년 2학기에 풀었던 예의 그 올림피아드 책을 발견하고는 무척 반가워했다. 펼쳐보더니

"지금 보니까 굉장히 어려운 문제였네. 이걸 그때는 어떻게 풀었지? 지금 풀기도 어려운데."

이후로 세연이는 재미있는 과목으로 항상 수학을 꼽았다. 심심하거나 머릿속이 복잡할 때는 그냥 수학 문제를 풀면 재미있다고 했다. 초등학교 5학년 1학기까지 항상 힘들어했던 과목인 수학이 재미있는 과목으로 바뀌기까지 5학년 여름방학이 있었다. 대학에서 통계학을 전공하게 되었던 것도, 지금 금융 공기업에서 일하는 것도 5학년 여름방학 4주간의 덕이다.

견디고 피는 꽃이 아름답다고 했던가. 매화는 추위를, 난초는

적막함을, 국화는 뙤약볕을, 대나무는 사철 비바람을. 그들이 견뎌낸 꿋꿋함을 알기에, 쉽지 않았음을 알기에, 우리는 사군자를 사랑한다. 뜨거웠던 여름방학을 수학 백과사전과 함께한 덕에 수학의 장벽을 허물 수 있었다. 또 평생직장도 갖게 되었다.

04

위킹맘도 쉽게 할 수 있는 시스템 만들기

*

　　　　　　　"어디 보자. 세연이랑 영현이는 오늘도
다 했겠지?"

퇴근해서 집에 돌아오면 맨 먼저 확인하는 일이 있었다. 큰아
이들이 매일 표시하고 있는 '스스로 점검표'다. 매일 거의 예
외 없이, 체크해야 할 모든 칸이 동그라미로 채워져 있다. 모
두 확인하고 나면 맨 아래 칸에 두 아이가 하루를 알차게 보내
서 고맙다는 표시로 꿀벌 스티커를 붙여 주었다. 그리고는 얼
른 준비해서 저녁상을 그날 지낸 얘기로 채웠다. 동생들을 챙
기면서 공부하고 복습하는 일이 어땠는지, 학교에서는 어떤
일이 있었는지, 작은 아이들은 어린이집에서 어떻게 지냈는
지, 가끔은 엄마의 하루도 보태면서 서로의 눈을 맞췄다. 위킹
맘으로 바쁘게 살다 보면, 아차 하는 날엔 아이들의 하루가 제

대로 채워지지 않을 때도 있었다. 학습지를 하던 영현이가, 나름 성실하다고 생각했는데도, 어쩌다 한 번씩 깜박했다고 할 때가 있었다. 점검표에 그 항목이 빠져 있던 달이었다.

점검표

남편은 매월 말쯤이면 아이들 점검표를 만들어서 가져왔다. 아이들이 그날그날 해야 할 내용을 맨 왼쪽 칸에 모두 적고 옆으로 한 달간의 날짜를 죽 적어 놓았다. 표에 적힌 날짜마다 아이들이 해야 할 항목을 체크해 그날그날 할 일을 스스로 점검했다. 그렇게 채운 칸들을 퇴근한 엄마에게 마지막으로 점검받았다. 이 점검표가 없을 때는 일일이 물어보고 하나씩 결과물을 가져오라고 해서 확인해야 했다. 복잡하기도 했지만 빠뜨리는 항목이 있어 자꾸 신경이 쓰였다. 그래서 고민하고 있었는데 남편이 한눈에 보이게 표를 만들어 줬다. 이 표가 나에게는 신세계를 경험하게 해주었다. 그동안에는 막연히 손가락으로 꼽으면서 이것저것 점검했는데 표 하나로 쉽게 할 수 있었다. 나도 쉽게 파악할 수 있지만 아이들도 자기가 해야 할 일을 제대로 알 수 있어서 좋다고 했다. 하나 끝내고 나서 동그라미를 하고, 남은 것을 헤아려가며 부지런히 하게 된다고 했다.

아이들의 하루를 알차게 만들어 주는 도우미였다. 처음 접했을 땐 마치 신무기(?)를 얻은 것 같았다.

점검표 내용

점검표에 적힌 내용은 두 아이의 공통사항이었다. 아침 운동과 명상, 예습, 복습, 숙제, 영어, 수학 문제집 풀기, 독서 후 독후감 쓰기, 일기 쓰기, 신문 이야기, 직업 이야기, 일과 발표하기. 생각보다 항목이 많았다. 모두 중요하게 생각했지만, 그중 가장 비중을 두었던 것이 '독서 후 독후감 쓰기'와 '일기 쓰기'였다. 독후감 쓰기와 일기 쓰기를 아예 하나로 묶느라 일기장을 따로 만들기도 했다. 일기장만 펴면 그날 하루 일정을 한눈으로 볼 수 있도록. 그 칸을 다 채우면 하루 동안 해야 할 일의 대부분이 끝날 정도였다.

남편 업무 중에 인쇄 관련 업무도 있어 회사 일을 하며 같이 맡겼었다. 아이들 이름을 새겨서 만든 투박한 일기장이었지만 아이들은 나름 그 일기장을 자랑스러워했다. 친구들에게는 없는 일기장이어서 학교에서 일기 검사 받는 날이면 친구들이 "네 일기장은 페이지마다 이름이 있네. 어떻게 한 거야?" 하고 묻는 아이도 있다고 했다. 이름이 새겨진 일기장 덕분에 아이들이 일기나 독후감 쓰기를 싫어하지 않았던 거 같다.

점검표 실행 과정

이렇게 하루하루 점검할 수 있는 표 덕분에 일하는 엄마여도 아이들 일정을 관리하기 수월했다. 아이들에게는 일종의 자기 주도 학습이라고 해야 할 것 같다. 이 표에 적힌 항목은 아이들에게 시간을 정해 놓고 하라고 했던 것은 아니었다. 그냥 하교 후 집에 돌아와 하고 싶은 것부터 하면 됐다. 단, 한 가지 규칙이 있었다. 집중력을 필요로 하는 영어 공부나 수학 문제 풀기, 복습과 학교 숙제는 무조건 동생들이 집에 돌아오기 전에 끝내라고 일러두었다. 부수적으로 수학 문제를 풀고 나서는 스스로 점검을 할 수 있어야 하기에 채점까지 하라고 했다. 그리고 틀린 문제는 다시 풀어보라고. 너무 어려워서 안 되는 문제는 엄마·아빠 퇴근 후 같이 풀어보기로 하고 표시해두라고 했다.

점검표로 하게 되는 보상

꿀벌 스티커는 아이들에게 자랑스러운 별 같았다. 하루하루 지내면서 스티커 개수가 늘어날 때마다, 아이들에게는 자신을 스스로 자랑스럽게 여기게 하는 그 무엇이었다. 그래서 매일 저녁 꿀벌 스티커가 붙어있는 보드 판에 붙어서 개수를 세어 보고 자곤 했다. 특히 스스로 정직하게 해냈기 때문에 더 자랑스러워하는 것 같았다. 두 아이가 같이하기 때문에 서로 견제하기도 했다. 둘 중 한 명이 그날 해야 할 일 중 하나라도 허투루 하면 다른 한 명이 엄마에게 말해줬다. 거짓말했다고 혼내기보다는 왜 그랬는지 물어보았다. 하기 싫어서 그랬는데 상대가 고자질했다며 눈을 한번 흘기고 나면 끝이다. 둘만 있으면서 매일매일 하기가 어디 쉬우랴 싶어서 더는 말하지 않았다. 다음에는 좀 더 잘하면 좋겠다고 얘기하는 선에서 끝냈다. 그렇게라도 자신들의 어려움을 알아줘서인지 서로를 견제해야 할 일은 많지 않았다.

그 모습이 예뻐서 어떻게 할까 생각하던 중에 아이들이 물어왔다. 그런데 저렇게 꿀벌 스티커를 모은 다음에는 어떻게 할거냐고. "같이 생각해 보자. 너희들은 어떻게 하고 싶어?"라고 물었더니 자기들이 열심히 해서 받은 스티커여서 뭔가 선물을 받고 싶다고 했다. 낮 동안 엄마·아빠도 없이 동생들까지 챙기면서 해낸 값진 일이라 생각하니 보상을 해주고 싶기도 했다. 그래서 고민하다가 꿀벌 스티커 30개를 모으면 창신동 문구 도매상가에 가서 자기들이 갖고 싶은 물건을 고르라고 했다. 창신동에 가는 날을 아이들은 소풍 날 기다리듯 했다. 존 코맥넬의 '성공은 밤낮없이 거듭되었던 작고도 적은 노력이 한데 모인 것이다.' 라는 말이 생각났다. 그 어떤 성공일지라도 적은 노력이 모여야 이룰 수 있음을 우리 아이들이 깨닫길 바랐다. 아이들과 창신동에 가는 날은 발걸음이 가벼웠다.

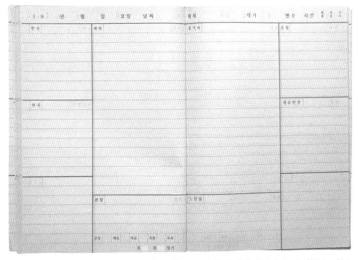

아이들 일기장. 아이들 이름을 새겨서 만든 투박한 일기장이었지만 아이들은 나름 일기장을 자랑스러워했다.

05

아기가 뭘 아냐고요?

*

갓 태어난 아기는 어른의 말을 알아들을
까? 학자들의 말에 따르면 알아듣는다고 한다. 그런데도 대부
분의 사람은, 아기는 어른이 하는 말을 알아듣지 못한다고 생
각한다. 그래서 아기를 아이들처럼 대하지 않으려는 사람이
많다. 아기는 알아듣지 못하기 때문에 애써서 여러 번 말해주
거나 굳이 말해줄 필요가 없다고 생각하기도 한다. 그런데 과
연 그래도 될까? 로버타 미치닉 골린코프(Roberta Michnick
Golinkoff)의 《아이는 어떻게 말을 배울까? How Babies Talk
(1999)》에 의하면 '아기는 언어 천재다. 태어난 지 이틀 된 신
생아는 외국어와 모국어를 구분할 줄 알고, 열 달이면 100여
단어를 알아듣는다.' 라고 한다. 그래서 아기에게 직접 얘기하
지 않더라도 아기가 들을 수 있는 환경을 만들어 주는 것이 우

리 아이의 언어 감각을 자극하는 데 많은 도움이 된다고 생각한다.

세연이가 갓난아기였을 때에는 좁은 단칸방에서 살았다. 날이 추울 때는 방안에서 목욕시켰다. 하지만 한여름에는 단칸 슬래브 지붕인 방 안에 있기가 힘들었다. 그래서 좁고 더운 방에서 나와 밖에서 목욕시키기도 했다. 마당의 수돗가가 옆집 담장 밑에 있던 집이었다. 아기를 목욕시키며 옛날이야기를 해주고 있었다. 한창 얘기해주고 있는데 담장 너머에서 옆집 아주머니의 웃음소리가 들렸다. 그러더니 낮은 담장 너머로 고개를 내밀면서

"그렇게 얘기하면 애기가 알아들어요?" 하고 물었다. "그럼요, 알아들어요."라고 대답했다. 그 아주머니는 그렇게 대답하는 내가 이상하다는 듯 웃음소리를 남기며 담장 밖으로 사라졌다, 그때 세연이가 7개월쯤이었으니 그 아주머니는 말도 안 되는 일이라고 생각한 것 같았다.

아기들이 배 속에 있을 적부터 말을 알아듣는다고 생각하며 태교도 했던 것처럼 나는 아기가 태어나서도 알아듣는다고 생각했다. 출산 후 아기와 시댁에 갔을 적부터 시간 날 때마다 아

기에게 얘기를 해줬다. 시댁에서 산후조리를 했다. 시골집이라 본채가 있고 마당에 아래채가 있는 집이다. 아이와 산모가 맘 편히 지내라는 시부모님의 배려로 아래채에서 아기와 단둘이 지냈다. 끼니때와 간식 시간에 간간이 어머님께서 건너오셨지만 잠시만 계셨다. 아직 익숙지 않은 왕초보 엄마는 아기와 단둘이만 있는 시간이 많았다. 시댁에 그렇게 오래 머물렀던 것도 처음이었다. 아직 바깥세상에 익숙지 않은 아기는 한두 시간 간격으로 배고픔을 호소했다. 너무 변해버린 환경에서 오는 불편함도 알렸다. 이럴 때마다 칭얼대는 아기를 안고 친구한테 얘기하듯 아기에게 이런저런 이야기를 해주었다. 신기하게도 아기는 이야기를 조용히 듣는 듯했다.

추석 무렵 아직 걷지 못하는 아기가 벽을 붙잡고 설 수 있었다. 큰댁에서 음식을 장만하느라 부엌에서 일한 후, 뒷마무리로 청소하고 있었다. 바닥 청소를 하는데 벽을 붙잡고 겨우 서 있는 아기한테

"세연아, 발 좀 들어봐. 엄마 청소해야 하거든."

그랬더니 옆에서 듣고 있던 큰댁 시누님이

"얘! 애기가 알아듣니? 그냥 안아서 다른 데로 데려다 놓고 청

소해야지.”

“네, 알아들어요. 형님.” 했더니 말도 안 된다는 표정으로 나를 보았다. 그러면서 아기를 보다가 시누님은 더 큰소리로

“세상에나! 애기가 발을 들었어. 이게 웬일이야? 세연이가 말을 알아듣나 봐. 한쪽 다리를 들고 있어!”

얼른 걸레질하고 나서는

“이젠 됐어. 발 내려도 돼.” 했더니 아기가 발을 내렸다. 내가 가끔 큰 아이들에게 하듯이 아기한테 얘기한다고 이상하다던 주위 분들이 그 이후로는 별말이 없었던 사건이었다. 이렇게 잘 알아들었기 때문이었는지 세연이는 또래 아이들보다 말이 빨랐다. 발음은 정확하지 않았지만, 그 말마다 정확한 뜻으로 말을 했다. 할머니를 ‘함미’ 라고 하고 삼촌을 ‘아치’ 라고 했지만, 항상 같은 상황에만 같은 말을 했다.

세연이의 이런 경험으로 둘째 영현이도 비슷하게 생각하며 키웠다. 아무래도 첫아이만큼 몰입해서 말을 해줄 수 있는 상황이 아니었다. 돌이 지나고 한참 뒤인 15, 16개월이 되어도 한 단어로 된 말도 많이 하지 않았다. 겨우 ‘엄마, 물, 맘마’ 정도였다. 조금 걱정이 되었다. ‘이 아이가 말이 늦게 되는 건가?

왜 언니처럼 말을 하지 않지? 약간 쓸데없는 걱정도 했다. 19개월쯤 말문이 터졌다. 그런데 다른 아이들처럼 단어로 말하지 않고 문장으로 말을 했다. 유치원에 다녀오는 언니를 보면 "언니 왔다." "같이 먹어."라든지 발음은 정확하지 않았지만 "이거 해줘."처럼 한 단어가 아닌 문장으로 말을 했다. 한 단어 말을 하지 않아서 걱정했는데 문장으로 말을 하게 될 줄이야! '야, 역시… 아기한테 말을 집중적으로 해주지 못해도 듣고 있구나.' 어른인 우리가 아기들이 듣고 있다는 걸 놓치고 있을 뿐, 아기들도 듣고 있었다. 꼭 집중해서 그 아이에게 말을 해주지 못하더라도 아기들은 듣고 있다는 사실을 간과하면 안 되겠다고 생각했던 계기였다. 아이들이 듣는 것만으로도 말이 늘 수 있다는 사실도 깨닫게 되었다.

서두에서 인용했던 《아이는 어떻게 말을 배울까》의 말미에, 아기들은 엄마 배 속에서부터 언어 학습을 시작한다고 했다. 태어난 지 얼마 지나지 않아서 이미 외국어와 모국어를 구분할 수 있는 능력도 있다고. 만 3세가 되면 문법 전문가가 되어 있단다. 흔히들 어린아이는 문법 지식이 없다고 생각하는데 이미 세 살이 되면 문법 전문가라고 한다. 태어난 지 얼마 안 된 아기가 말을 할 줄 모를 뿐 외국어인지 모국어인지도 구분할 수 있다니! 아무리 어린 아기라도 알아듣고 있다는 사실을 잊지 말아야겠다. 같은 책에 따르면 아이가 어눌하게 말을 할 때도 무시하지 말고 진지하게 받아줘야 한다고 주장한다. 아이의 언어 학습 환경을 만들어 주는 것이 중요하기 때문이다. 엄마가 아이를 돌볼 수 없는 상황이라면 양육자나 보육자에게도 그렇게 해달라고 부탁해야 한다. 우리 아이들의 무한함을 인정해야겠다. 그리고 그 아이 안에 가지고 있는 것들을 크게 키울 수 있도록 도와야겠다. 우리 부모가. 우리 어른이.

06

'올림피아드 수학의 지름길', 혼자 풀었어요

*

책을 물려받아서 써본 적 있는가? 초등학교 시절, 오빠 교과서를 물려받아 공부해본 적이 있다. 많이 힘들었다. 교과서마다 거의 모든 페이지에 로봇 그림이 그려져 있었다. 여간 신경 쓰이는 게 아니었다. 결국 아버지에게 말했다. 외딸이라서 모두 남자 형제인 집이었는데도, "오빠 옷을 물려 입으라고 하면 입을 테니, 교과서만은 꼭 제 걸로 사주셔요."라고. 한 학기 동안 오빠 책을 쓰면서 힘들었던 기억 때문에 내 아이들에게는 꼭 새 책을 사주리라고 스스로 다짐했는데도 어쩔 수 없이 책을 물려 쓰게 할 수밖에 없었던 적이 있다.

세연이는 문제를 풀 때 늘 연필로만 풀었고, 깨끗이 지워서 동생이 썼다. 나중에 세연이가 대학에 들어가 전공 책에 볼펜으로 적으면서 이래도 되나 하는 생각이 들었다고 했다. 언니 책만 물려받던 영현이는 한 번도 그것을 탓한 적이 없었다. 어느 날 아빠가 좋은 수학책을 찾았다며 영현이에게 새 책을 사다 줬다. 무척 좋아했다. 좋아함도 잠시, 생각보다 책이 어렵다고 했다. '올림피아드 수학의 지름길'. 꽤 어렵다고 말하는 책이 었다. 그렇게 어려운 책인 줄 엄마·아빠도 그땐 몰랐다.

영현이는 혼자 문제집을 풀며 수학을 공부했다. 한두 학기 선행으로 했다. 학년별 높은 레벨이라는 책도 풀다가 지치면 가끔 꾀를 부리고 싶어 했다. 어려운 책을 접하니 많이 힘들었던 모양이었다. 진도 계획표를 작성하고도 보여 주지 않기도 하고 가끔 물어보면 진도를 밀렸다고도 했다. 그래도 검사하는 엄마·아빠 때문에 억지로 풀었지만, 풀기 힘들다는 표시를 해둔 문제들도 꽤 있었다. 그러더니 슬금슬금 그 책은 그냥 책 꽂이 한쪽 구석에 자리 잡게 되었다. 그러고는 영현이가 중학생이 되고 나서 과학고를 준비하느라 바빠져 버린 후로 그 책의 존재를 잊어버렸다.

이진이가 초등 5학년이 되자 아빠가 그 책을 용케 기억해냈다. 아이에게 풀어보면 어떻겠냐고 했다. 작은 언니를 무척 따르는 아이여서, 작은언니도 그 책을 혼자 풀었다고 얘기해주고 풀어보겠냐고 물어보았다.

"그래? 작은 언니가 했던 거면 나도 할 수 있겠네." 하더니 첫 날부터 호기심을 갖고 이리저리 넘겨보며 책이랑 친해지는 시간을 보냈다. 혼자 풀다가 어느 날은 "정말 작은언니가 이 책을 혼자 다 풀었어?" 하고 묻기도 했다. 속으로는 뜨끔해하면서도 "그럼, 작은언니도 힘들어하면서 다 풀었지."라고 이야기 해줘야 했다. 못 푸는 문제는 표시해두고 넘어가도 된다고 얘기해주고, 풀 수 있는 문제만 풀어보라고 했다.

아무래도 풀다가 힘이 들 때가 많은 듯 혼잣말처럼 "작은 언니도 풀었단 말이지?" 중얼거리다가 다시 들어가서 풀었다. 그렇게 조금씩, 진도가 안 나가는 듯했지만, 사부작사부작 풀어갔다. 드디어 고지가 보였다. 거의 다 풀었다며 스스로도 대견해했다. 마지막까지 다 풀고 나더니

"휴, 힘들었네. 작은 언니가 했다더니, 나도 해냈어." 하며 무척 자랑스러워했다. 그 책을 다 풀기까지 거의 1년 반쯤 걸렸던 것 같다. 대견하게 생각하던 아빠가 슬쩍 아이 맘을 떠보는 말을 했다.

"그래? 그럼 하권도 사줄까?"

"하권도 있었어?" 한참 생각하더니

"음, 좋아. 하권도 해봐야겠네."

상권만으로도 지칠 것 같았는데 하권에 도전해보고 싶다고 했다. 하권을 받더니 상권을 처음 받던 날처럼 앞뒤로 넘겨보고 간간이 문제도 읽어보면서 책과 친해지는 듯했다. 바로 풀기 시작하겠다고 했다.

그렇게 몇 개월 동안 풀었다. 중 1 여름방학이 되었다. 집에서 가까운 곳에 과학고를 준비해주는 학원이 있어서 시험을 치렀다. 다음날 연락이 왔다. 과학고 반에 들어갈 수 있으니 학원에 나오라고. 그런데 학원에 처음 나갔던 다음날 시험을 또 치르고 왔다고 했다. 어제 학원에 처음 갔는데 웬 시험을 또 치렀냐고 물었더니 영재학교 대비반 시험이었다고 했다. 과학고 반 아이들 모두 치른 시험이라고. 10문제가 나왔는데 꽤 어려웠다고 했다. 나중에 같은 반 엄마들이랑 친해진 후 들은 얘기였다. 대부분 아이가 한두 문제 손 만 대고 제대로 풀지 못했다고 했다. 이진이한테 물었더니 "잘 풀었는지는 모르겠는데 7문제를 풀어보려고 썼었어. 근데 7문제 모두 풀다가 중간에 안 풀려서 다음 문제를 풀었는데 꽤 어렵더라고…" 그렇게 영재학교 대비 학원에 다니게 되었다.

영재학교 대비반에 다니게 된 후부터는 학원 일정이 만만치 않았다. 집에 돌아와 학원 수업 복습하기도 바빴다. 새벽 서너 시에 잠자리에 드는 게 일상이 되었다. "몇 개월만 먼저 다녔어도 진도 따라가기가 수월할 텐데."라는 말을 가끔 했었다. 그렇게 학원 일정 소화하기도 바빴다.

올림피아드 수학의 지름길 책 하권은 앞부분만 풀고 뒤쪽은 깨끗하게 남아있게 됐다. 토요일도 일요일도 방학도 없이 지냈던 영재학교 대비반 수업. 남자아이들만 있는 속에서 혼자였다. 남학생들이 쉬는 시간에 축구로 스트레스를 푸는 동안에도 구경만 하고 앉아 있어야만 했다. 그런 시간을 1년 반 넘게 보냈다. 그런데도 견딜 수 있었던 건 어려운 책을 혼자서 풀어갔던 시간 덕이 아니었을까 싶다. 혼자 풀 때는 가르쳐주는 사람이 없어 힘들었는데 언제든 학원 선생님들한테 질문할 수 있어 좋다는 말을 여러 번 했던 걸 보면.

겨울 추위가 심할수록 이듬해 봄 나뭇잎은 한층 더 푸르다는 말이 있다. 심한 추위를 견디는 동안 더 큰 생명력을 키웠기 때문이리라. 이진이는 혼자 어려운 문제를 푸는 동안 더 푸른 나뭇잎을 준비할 수 있었던 것 같다. 그 푸른 잎 덕분에 무더운 여름날도 쉽게 넘을 수 있었으리라. 아이가 어려워하더라도 처음부터 학원에 보내지 않고 혼자 해볼 수 있는 데까지 해보게 했던 것, 추위를 견뎌내게 하는 좋은 방법이었던 것 같다. 겨울 추위를 견뎌내며 무성한 나뭇잎을 준비할 수 있었던 시간. 아이가 성장하기에 더없이 좋은 시간이었을 것이다.

07

아침 운동이 공부에 좋아

*

어느 날 남편이. 여자아이들은 어릴 적부터 체력을 다지지 않으면 고등학교에서 버티기 힘들 수 있다는 기사를 읽었다고 했다. 매일 밤 다리에 쥐가 나서 고생했던 내 고등학교 시절이 떠올랐다. 우리 아이들은 건강하게 고등학교 수험기간을 잘 보냈으면 좋겠다고 생각했다. 아이들이 어릴 적부터, '우리 아이들이 체력을 기르려면 어떻게 해야 하나?' 고민했다. 나는 줄넘기를 잘하지 못하는데, 남편은 어릴 때 늘 줄넘기를 가지고 다니면서 어디에서든 줄넘기를 했다며 줄넘기를 시켜보자고 했다. 줄넘기만 있으면 어디서든 쉽게 운동을 할 수 있어서 좋다는 생각이었다.

줄넘기를 못 하는 아이들에게 줄넘기를 시키려니 처음부터 가르쳐 주어야 했다. 먼저 각자 키에 맞게 줄넘기 길이를 조정했다. 처음에는 아빠가 아이들에게 시범을 보여 주면서 엄마도 같이해보자고 했다. 아이들도 자연스럽게 같이 했다. 50개를 넘는데도 줄이 자꾸 걸려서 힘들었다. 한 번에 50개 하는 것도 힘들던 아이들이 하루 지나고 나니 50개는 무난하게 넘었다. 나는 아직도 50개를 못 넘고 줄이 자꾸 걸리는데…. 며칠을 빌라 앞 골목에서 줄넘기 연습을 하다가 아이들이 나보다 더 빨리 익숙해져 아빠와 아이들만 연습했다. 며칠 동안은 앞으로 넘기, 뒤로 넘기만 했다. 그렇게 2주 정도 하고 나서는 꺾기, 쌩쌩이(2단 넘기)도 같이 했다. 앞으로 넘기는 100개, 뒤로 넘기 50개, 꺾기 50개, 쌩쌩이 10개, 이런 식으로 각각 개수를 정해서 해보게 하기까지는 거의 한 달 가까이 걸렸다. 아이들이 더 잘하게 되자 개수를 더 올렸다.

운동을 통해 뇌를 활성화하면 학습 능력이 높아진다는 연구 결과가 잇따라 나오고 있다. 공부를 시작하기 전 걷기와 달리기, 자전거 타기 등 유산소 운동을 하면 기억력과 집중력이 높아져 학습 능력 향상에 도움이 된다는 연구 결과도 나왔다. 스웨덴 옌셰핑 대학교 연구진은 최근 2009년부터 2019년까지 10년 동안 〈운동이 학습 능력에 미치는 영향〉을 연구한 논문 13건을 체계적으로 분석했다. 그 결과, 젊은 성인이 2분에서 1시간 사이 유산소 운동을 하면 학습 능력과 기억력이 향상되는 것으로 나타났다. 또 중간에 강도 높은 운동을 단 2분만 하더라도 기억력과 문제 해결 능력, 집중력 그리고 언어 능력이 향상한다는 결과도 얻었다. 운동이 신체 건강뿐 아니라 두뇌 건강, 정신 건강 향상에도 도움이 된다는 것을 보여주는 연구는 이번이 처음은 아니다. 노스캐롤라이나 대학교 연구팀은 30분 정도의 유산소 운동이 장기 기억력 향상에도 좋은 영향을 준다는 것을 밝혀냈다. 학습을 하기 전에 운동을 한 그룹은, 운동을 하지 않은 그룹에 비해 기억해낸 단어, 내용 수가 유의미하게 많았다. 연구팀은 적당한 운동을 한 뒤 높아진 학습 능력은 최대 하루가 지난 뒤에도 효과가 있었다고 평가했다.

운동이 뇌를 활성화해 학업 성적을 높이는 것과 관련해 미국 일리노이주의 네이퍼빌 센트럴 고등학교의 실험을 빼놓을 수 없다. 네이퍼빌 센트럴 고등학교는 정규 수업 시작 전에 학생들이 1.6km 달리기하는 체육수업을 넣었다. 달리는 속도는 자기 심박수의 80~90%가 될 정도로 빠르게, 즉 자기 체력 내에서 최대한 열심히 뛰도록 했다. 이후 1, 2교시에는 가장 어렵고 머리를 많이 써야 하는 과목을 배치해 공부하도록 했다. 이렇게 한 학기 동안 체육수업을 받은 학생들은 학기 초에 비해 학기 말에 읽기와 문장 이해력이 17% 향상됐다. 0교시 달리기 수업에 참여하지 않은 학생들보다 성적이 2배 가까이 좋아졌다. (YTN 21.01.09)

아침마다 먼저 맨손 운동으로 몸을 풀고 나서 줄넘기하기 시작한 지 몇 개월이 지날 무렵, 지방에 사는 아이들 작은 아빠가 우리 집에 이삼일 머물 때였다. 아이들이 줄넘기하는 걸 지켜보더니 맨손체조로 몸풀기를 하는 대신, 본인이 수련하고 있는 태껸 기본 동작이 더 좋을 것 같다며 아이들에게 태껸 기본 동작을 가르쳐주었다. 그날로 몸풀기는 태껸의 기본 동작으로 하고, 줄넘기는 평소와 같이 했다. 태껸 기본 동작으로 몸풀기를 하니 어떠냐고 물었더니 그냥 맨손 체조할 때보다 운동이 좀 더 전문적인 느낌이라고 했다. 일명 '품밟기'여서 그냥 보면 몸을 흐느적거리는 듯해 보이지만 몸의 힘을 빼고 긴장을 풀기에는 그만인 것 같았다. 고관절 운동을 할 때는 동작이 우아하기까지 했다. 몸풀기 동작부터 줄넘기 유형별로 모두 마치고 나면 거의 40분쯤 걸렸다. 그렇게 운동을 하고 들어오면 씻고 명상을 했다. 명상이 끝나면 곧이어 예습했다. 30분 정도 걸리는 예습이 끝나면 아침 식사 전까지 영어 단어를 외우거나 그날 해야 할 수학 문제를 풀고 아빠에게 신문 이야기를 들었다.

이렇게 매일 줄넘기를 한 뒤로, 세연이는 초등학교 5학년까지 단 한 번도 운동회에서 릴레이 선수로 뽑힌 적이 없었는데 6학년 때는 학급 대표 릴레이 선수로 뛰기도 했다. 고등학교 때는 2분 동안 줄넘기를 200회 넘어야 하는 체육 수행평가를 쉽게 했다며 어릴 적 아침 줄넘기 덕분에 남들이 어려워하던 체육 수행평가도 수월하게 했다고 좋아했다. 사실 이렇게 체력적으로만 좋았던 것은 아니었다. 운동 후에 하게 되는 명상은 1,000단위 이상의 숫자에서 빼거나 나눠야 해서 집중을 해야 했다. 거의 매일 틀리지 않고 이 명상을 잘 해냈다. 아침 운동을 하기 전보다 영어 단어도 잘 외워지는 것 같다고 했다. 또 하나 달라진 점은 아침에 예습하거나 영어 공부, 수학 공부를 할 때 머릿속이 더 맑은 느낌이어서 좋다고 했다. 정확한 수치로 말할 수는 없지만, 아이들의 전반적인 생활이 수월해진 것만도 큰 수확이었다.

'건강이 있는 곳에 자유가 있다. 건강은 모든 자유 중에서 으뜸가는 것이다.' H. F. 아미엘의 말이다. 건강하기 위해, 내가 하고 싶은 일을 마음대로 하기 위해, 시간을 내어 운동해야 한다. 비록 운동하느라 하루 시간이 짧아진다고 하더라도 말이다. 건강한 시간을 더 많이 누리기 위해 운동화를 더 자주 신어야 한다. 지금보다 더 좋은 성적을 얻고 싶다면 운동화를 더 자주 신어보자.

08

엄마의 통금 시간은 저녁 7시

*

엄마의 기상 시간은 새벽 5시. 일어나자마자 찬물로 세수를 한 후, 큰딸들을 깨우고, 쌀을 씻어 밥을 안친다. 그사이 세연이와 영현이는 눈을 비비며 줄넘기를 들고 나간다. 아침상에 올릴 반찬을 남편에게 얘기해주고 나서 나는 문간방으로 물 한 컵을 들고 들어간다. 전화기가 있는 책상에 앉자마자 학생들에게 필요한 지침서를 책꽂이에서 꺼내 책상 위에 쌓는다. 전화해야 할 시간 순서대로 적힌 출석부를 펼친다. 학생 이름 바로 아래 적혀있는 교재를 확인하며 책상에 쌓아둔 지침서를 다시 확인한다. 하고 있던 교재가 끝난 아이들은 새로운 지침서를 찾아서 꺼내 놓아야 한다. 지침서마다 꽂아둔 간지에 적힌 이름을 확인하며 오늘 해야 할 부분들을 넘겨본다. 꼭 확인해줘야 할 부분이 어디인지 점검하고 잊지 않도록 간단하게 표시한 후, 전화기 옆에 지침서들을 순서대로 쌓는다. 맨 나중에 전화할 학생의 책을 맨 아래에, 처음 시작하는 학생의 책은 맨 위에. 책이 같은 친구들이 있으면 먼저 시작하는 학생 순서에 놓고 5시 45분이 되면 자리에 앉는다. 업무 시작 시간이다. 지침서는 학생들 책의 4분의 1로 축소된 책이어서 글씨가 깨알 같다. 아직 40대인 나는 돋보기를 쓰고 업무를 시작한다.

내가 관리하는 학생은 삼십 칠팔 명. 5시 50분부터 시작해서 8시 10분까지, 학생 등교 전, 한 학생당 2~3분 동안 전날 공부한 내용을 전화로 확인한다. 한 학생이라도 2, 3분이 넘어가면 뒤 학생들이 등교하기 어려워지기에 항상 아침 시간은 긴장의 연속이다. 이렇게 긴장하며 시작하는 나를 더욱 긴장케 하는 학생들이 가끔 한두 명 있다. 책을 준비해두지 않았거나 아예 전화를 못 받는 경우이다. 아이가 받아야 하는데 엄마가 대신 받아 아이가 아직 일어나지 않았다고 하기도 한다. 이런 일들이 겹치게 되는 날은 거의 울고 싶은 날이다. 오늘이 바로 그날이다.

"굿모닝, 현모! 어제 어디 공부했나요?"

"선생님, 잠깐만요. 책이 없어요."

"그래? 바로 가져올 수 있어?"

"네, 잠깐만요."

처음 입회 상담 시부터, 전날 잠자기 전에 꼭 전화기 옆에 그날 공부한 교재를 챙겨두고 자라고 일러둔다. 거의 모든 아이가 잘 지키는데 가끔 이렇게 사고가 난다. 아이가 책을 찾지 못했는지 반응이 없다. 시계를 본다. 벌써 3분이 넘어가고 있다. "현모야. 현모야." 아무리 불러도 대답이 없다. 목뒤 쪽이 차가워지는 듯하다. 메모하려고 들고 있던 볼펜을 책상에 대고 콕콕 찍는다. 딱 30초만 더 기다려보자. 역시 답이 없다. 별수 없다. 아이에겐 미안하지만 끊을 수밖에. 다음 학생에게 전화를 건다.

"굿모닝, 서연? 어제 어디 공부했어요?"

아이가 책을 펴는 동안 하게 되는 인사이다.

"선생님, 근데 오늘 왜 늦게 전화하셨어요? 저 아까 전화기 옆에서 기다리다가 전화 안 하셔서 책가방 챙기고 있었어요."

"아, 쏘리. 앞 친구가 책을 준비해두지 않아서 기다리다가⋯. 어제 3B 했지? 어서 책 펴보자."

다른 날보다 짧게 통화하고 끊었다. 다음 친구가 기다리기 때문에 이 친구는 짧게 할 수밖에 없다. 얼른 지침서에 꽂아뒀던 간지를 내일 확인해야 할 페이지로 옮겨두고 다음 학생의 지침서를 펴면서 전화를 건다. 오늘은 확인해야 할 내용이 많다. 중요한 내용이 많고, 어제 제대로 되지 않았던 부분을 오늘 확인하기로 했다고 간지에 적혀있다. 어제 했던 내용부터 확인하고 오늘 확인해야 할 내용을 확인하는데 오늘 것도 덜되어 있다. '으아! 어쩌지? 이거 찬찬히 확인하려면 3분 이상 걸릴 텐데, 벌써 7시 40분. 다음 아이는 7시 35분에 확인해야 할 아인데⋯' 그냥 넘어가자니 또 내일은 더 엉망으로 해놓을 것 같고, 확인해주자니 다음 아이가 등교를 못 하고 기다릴 것 같고⋯. 안 되겠다.

"현서야. 오늘 학교에서 돌아오면 몇 시지?"
"세 시요."
"그럼 학교에서 돌아오자마자 어제 했던 거 다시 해놓고 선생님한테 네 시 반까지 전화해. 네 시 반이야. 꼭 전화해야 해.”

수첩에 적는다. ‘네 시 반. 현서 다시 확인’ 다음 친구에게 전화.

“선생님 저 어제 공부를 못했어요. 죄송해요.”

다른 날 같으면 무척 화가 날 상황인데 차라리 고맙다.

“아이코. 왜 못했니? 오늘 학교에 다녀와서 오자마자 공부해

서 선생님한테 전화해. 다섯 시 전에 할 수 있지?”

서둘러 마지막 학생까지 끝내고 나면 벌써 하루 동안 해야 할

일을 다 마친 느낌이다. ‘학생 관리를 많이 하는 선생님들에

비하면 나는 절반 정도밖에 안 되는 학생인데도 이렇게 정신

없는 아침을 시작하는데 밤 열 시까지 관리하는 선생님들은

도대체 아침 전화 관리를 어떻게 하는 걸까?’ 하는 생각을 하

며 문간방에서 나온다.

큰아이들은 아빠와 아침을 챙겨 먹고 모두 등교했고, 어린이

집에 가야 할 셋째 넷째만 남아있다. 서둘러 아침을 같이 먹고

어린이집에 데려다준다. 집에 돌아와 잠시 쉬다 보면 잠이 들

기도 한다. 한 시 출근이라 집안일을 하고 아이들 간식을 챙기

고 나면 허둥지둥 사무실까지 뛰기 일쑤다. 회의 시간. 상담 선생님이 새로 들어온 학생을 관리 선생님들한테 배분해준다.

"이경숙 선생님, 선생님 집 근처 아인데 초3 여자아이이고요. 엄마도 아이 교육에 관심이 많고, 아이도 공부 욕심이 많아서 관리하기 수월할 거 같아요. 근데 관리 시간을 화요일 저녁 7시 반에 해달라네요. 어떡할까요? 받으실 거죠?"

일부러 관리하기 편한 아이임을 강조하며 나를 챙겨주고 싶어 하는 김 실장님의 맘을 이해하면서도 나는 대답했다.

"아뇨, 못 받아요. 처음 입사할 때부터 말씀드렸잖아요. 7시 이후에는 옆집 아이도 못 한다고."
"관리하기 편해서 아까운 아인데 다른 선생님께 맡겨야겠네요."

회의가 끝난 후 집집마다 학생들을 방문하러 다니다 보면 하루가 정말 짧다.

저녁 7시. 통금 시간을 스스로 정했다. 조금 더 벌면 좋겠지만, 아이들을 챙기기로 했다. 동생들 챙기느라 고생하는 큰아이들, 마음에 걸린다. 저녁밥도 늦게 먹을 테고, 잠자는 시간도 늦어질 터다. 다음 날 아침 일정도 흔들리겠지. 일찍 귀가하여 아이들 챙기고, 가족과 함께 시간 보내고 남편과 늦은 저녁 산책도 하고. 행복한 마무리와 편안한 준비. 나는 기꺼이 통금을 정하기로 했다.

09

신문으로 세상 공부하기

＊

　　　　한때는 신문을 통해 세상 소식을 접했었다. 조간신문뿐만 아니라 석간신문도 있었다. 신문 배달 일이 어렵게 공부하는 많은 학생의 생계 수단이었을 정도로 우리 생활에서 신문이 차지하는 부분이 많았다. 그러다가 TV가 보급되면서 석간신문이 사라졌다. 워싱턴 포스트와 쌍벽을 이뤘던 워싱턴 스타가 폐간되던 날은 세상에 큰 충격을 안겨줄 정도였다. 128년의 긴 역사를 지녔던 신문이기 때문이었다. 하지만 요즘은 인터넷신문이나 방송이 신문의 자리를 대신하는 일이 많다.

아이들이 사회의 일원으로 살아가려면 세상 소식을 알아야 하겠다는 생각으로 신문을 읽히고 싶었다. 학교에서 거의 모든 학생이 어린이 신문을 구독하던 때였는데도 아이가 제대로 읽지 않는 듯했다. 업무상 매일 여러 종류의 신문을 읽는 아이 아빠가 신문에 나오는 내용을 간추려 아이들에게 얘기해주기로 했다. 아빠가 알려주는 신문 이야기들의 세세한 부분까지 기억은 나지 않는다. 하지만 아빠가 세상을 알려주고 싶어 하던 마음을 느꼈는지, 아이들은 아빠가 얘기해주는 뉴스를 들으며 궁금한 걸 물어보기도 했다. 아빠가 아이들에게 자세하게 알려주는 모습이 흡사 진지한 수업 장면 같기도 했다. 아직 NIE라는 용어가 있기 전이었다. 저런 식으로 학생들에게 수업해주면 재미있어하겠다는 생각이 들게 하는 장면이었다.

나의 아버지는 시골에서 우리를 키우면서 좀 더 넓은 세상을 알려주고 싶었던 것 같다. 동네에 우리 초등학교 선생님 한 분이 살고 계셨는데 그 선생님에게 상담했다고 했다. 어느 날부터인가 그 선생님 집으로 배달된 신문을 가져오라고 했다. 집배원 아저씨가 가져다주는 어린이 신문은 신문이 아니었다. 전날 신문을 집배원(우체부)이 가져다주기 때문에 토요일 신문은 월요일에나 볼 수 있었다. 읍내에서 멀리 떨어진 동네라 신문 배달해주는 사람이 없어서였다. 그것도 우리 집은 동네 안

쪽이어서인지 동네 입구 쪽인 그 선생님 집에 우리 것도 같이 배달해두면 학교에서 돌아오는 길에 받아 와야 했다. 신문을 찾아 집에 돌아오는 길에 신문 내용이 궁금해 읽으면서 오느라 도랑에 빠진 적도 여러 번 있었다.

신문에는 온 세상이 다 있었다. 그런데도 신문에 실린 내용만으로, 서울에는 리라초등학교와 은석초등학교만 있는 줄 알았다. 학생들 소식에 등장하는 학교 중 거의 대부분이 두 학교 학생이어서였다. 물론 다른 학교 소식이 왜 없었겠는가? 다른 초등학교 소식이 한 개면 두 학교 소식은 열 개였다. 아직 학생이었던 정경화 씨나 정명훈 씨의 해외 입상 소식도 어린이 신문에서 자주 접할 수 있었다. 그때 느끼던 자긍심은 지금의 K팝 열기에서 오는 것과는 다른 것이었다.

어릴 적 어린이 신문은 일반 신문의 절반 접은 크기였다. 아버지는 신문을 모아 펼쳐서 윗부분에 얇고 기다란 막대기를 대어 묶어주었다. 그 신문 묶음을 읽으면 월간지 같은 느낌이 들었다. 재미있는 만화도 있고 동화도 있고, 새로운 소식들도 있었다. 읽을거리가 없던 시골 동네에서 그 신문 묶음은 그야말로 인기 쟁이었다. 내 친구들도, 오빠 친구들도, 동생 친구들도 그 신문 좀 보자며 놀러 와서 마루며 작은방이며 건넌방에서 머리를 맞대고 킥킥거리던 진풍경이란… 이런 추억 덕에 어른이 된 후에도 신문을 읽으며 스크랩했다. 특히 교육에 관한 분야는 놓치지 않고 모두 모아두었다. 나중에 펼쳐보면 너무 오래되어 쓸모없다 싶을 때 버렸지만.

아이들에게 신문 이야기를 해 주면서 아빠가 신문을 읽는 모습을 보여 주자 아이들도 자기들의 어린이 신문에 관심을 가졌다. 또 집에 배달된 신문을 아빠에게 가져다주면서 신문에 실린 사진이나 머리기사를 보며 호기심을 갖기도 했다. 아침마다 신문 이야기를 해 주며 신문에 관심을 두게 하고 싶은 의도는 간단했다. TV로 보는 뉴스에 비해 활자로 된 신문은 입체적이진 않지만 읽는 동안 생각하고 상상할 수 있는 여유가 있다. 창의력을 길러줄 수 있고, 많은 정보를 활용해 풍부한 아이디어를 낼 수도 있다. 또 자기 주도적인 성장을 할 수도 있기 때문이었다.

꾸준하게 신문을 읽음으로써 많은 성장을 할 수 있었고, 실생활에 도움이 많이 되었다는 방송인 김제동 씨나 유재석 씨의 사례를 봐도 신문이 얼마나 도움을 주고 있는지 알 수 있다. 워런 버핏, 앨빈 토플러, 빌 게이츠. 웬만한 중학생이라도 다 아는 이름이다. 이들이 공통으로 청소년에게 한 말은 "성공하려면 신문을 읽으세요."이다. 12살인 학생이 어린이날 주주총회에서 워런 버핏에게 "세상에는 알아야 할 게 많지만, 학교에서는 다 가르쳐주지 않는다."라며 "무엇을 읽어야 하나요?"라고 묻자 "먼저 신문부터 읽어라. 세상에서 일어나는 일들을 빨아들이면 네가 좋아하는 것이 뭔지를 알게 된다."라고 했던 이야기는 너무나 유명한 일화다. 미래학자인 앨빈 토플러는 "내 통찰력의 원천은 끝없는 독서와 사색이다. 책과 신문을 읽고 다양한 경험을 해라. 나는 아침마다 신문을 읽느라 손끝이 까매진다."라고 강의했다고 한다. 또 소설가인 베르나르 베르베르는 "내 상상력의 대부분은 신문에서 온다고 해도 과언이 아니다. 신문에는 세상 이야기, 사람 이야기, 경영 이야기, 문학 이야기 등 모든 게 담겨 있다."고 말했다.

요즘은 취업을 준비하는 사람들이 신문을 꼼꼼히 읽는다. 며칠 전 종로도서관에 갔다. 형형색색의 형광펜으로 칠하며 신문을 읽는 사람이 있었다. 그 사람 옆을 지나던 어떤 사람이 그 사람에게 도서관 신문에 그렇게 색을 칠하며 읽으면 어떻게 하냐고 말했다. 예의 신문을 읽던 사람이 자기가 집에서 가져온 신문이라고 말하자 지나가던 사람은 멋쩍어했다. 신문을 읽던 사람은 기사를 잘라서 대학노트에 붙이기도 했다. 아마 취직시험에 나올 것 같은 내용인 듯했다. 저렇게 꼼꼼하게 읽으면 세상이 다 보일 것 같았다.

신문을 통하면 수많은 세상을 만날 수 있다. 상상력과 창의력도 기를 수 있다. 주도적인 삶도 살 수 있다. 인터넷 신문이나 TV를 통해 세상을 읽다 보면 나도 모르게 옆길로 빠져 길을 헤매기도 한다. 호기심을 자극하는 많은 것들이 같이 있기에. 하지만 신문에서는 그럴 일이 없다. 오롯하게 세상만을 볼 수 있다. 활자 너머의 세상만을.

어릴 적부터 일정 관리를
스스로 해온 사람은 성인이 되어
어떤 꿈을 갖든 그 꿈을 향해
나아갈 힘을 갖게 될 것이다.

모든 부모의 꿈 자기주도학습

01

아이의 고집은 방해가 됩니다

＊

'고집'의 사전적 의미는 자기의 의견을 바꾸거나 고치지 않고 굳게 버팀, 또는 그렇게 버티는 성미이다(네이버 국어사전). 고집이 있다고 하면 좋은 의미로는 '뚝심'이 있다, 나름의 '소신'이 있다고 생각된다. 그래서 권장하고 북돋워 주고 싶기도 하다. 하지만 반대의 의미로는 '똥고집', '황소고집', '고집불통', '융통성 없는' 등 부정적 의미로 느껴진다. 이렇게 반대로 생각될 때는 고치라고 하고 싶어진다. 내가 부리면 자기주장이 강한 사람, 남이 부리면 고집 센 사람으로 비칠 때가 많다. 보는 관점에 따라 상반되게 보이는 고집은 그냥 두는 게 나을까, 아니면 어느 정도 고치는 것이 나을까?

며칠 전 한 후배한테서 전화를 받았다. 두 돌이 갓 지난 작은 아이와 병원에 갔는데 초콜릿을 달라며 갑자기 병원 바닥에 드러누워 떼를 썼다고 했다. 그 자리에서 민망하기도 하고 창피하기도 해서 아주 곤혹스러웠다고 했다. 얼마 전까지 우리 아이가 그러지 않았는데 요즘 갑자기 그렇게 떼를 쓴다며 어떡하면 좋은지 물어왔다. 이럴 땐 정말 난감하다. 갑자기 어찌해야 할지 머릿속이 하얘질 때도 있다. 그럴 때는 그 자리에서 수습하는 것이 먼저일 테니 아이를 안고 장소를 바꾸는 것이 낫다. 그리고 나서 훈육해야 한다.

만 2살~4살, 아이의 고집이 세지는 시기이다. 이때 부모가 어떻게 대처했는지에 따라 고집이 수그러지기도 하고 더 세지기도 한다. 이때쯤의 아이는 호기심이 많아지고 인지가 발달하며 생각도 발전하는데 언어로 표현하는 능력이 미숙하다 보니 몸으로 표현하거나 고집, 떼를 부리며 자기주장을 하는 것이다. 이 시기에 잘 잡아주지 않으면 충분히 의사 표현을 할 수 있는 시기가 된 후에도 떼를 쓰게 된다.

사실 자신만의 소신을 가지고 부리는 고집은 굳이 꺾을 필요가 없다. 문제는 쓸데없는 고집이다. 자신도 잘못된 것인 줄 알면서도 부리는 아집이나 해보자는 식의 힘겨루기가 그런 경우다. 특히 주변 상황과는 관계없이 자기 의사만 표현하며 관철하려고 하는 아이들은 고집도 세다. 몸을 마구 움직이거나 팔다리를 크게 휘젓는 등 과격한 행동을 보이게 된다. 심하면 머리를 벽에 박기도 하고 대소변을 지리거나 구토하기도 한다.

얼마 전까지 그러지 않던 아이가 왜 그럴까? 아이가 차분하게 말했는데, 부모가 반응을 보이지 않을 때 관심을 끌기 위해서 그럴 수 있다. 아이가 큰소리로 화를 내며 말을 했더니 자신의 요구를 들어주는 경험을 하게 되면 원하는 걸 그렇게 얻게 된다고 생각하게 된다. 그래서 다음에도 그런 식으로 행동하게 된다. 부모가 예쁘게 말을 해야 한다고 야단을 치며 훈육해도 아이는 개의치 않는다. 자기 의사를 관철해 갖고 싶은 것을 얻는 데에만 초점을 맞추며 갈수록 고집을 더 피우게 된다. 어떤 상황에서든 특히 다른 사람이 많은 자리에서 아이가 떼를 쓸 때도 일관성 있게 대해야 한다. 아이들은 사람이 많은 자리에서 '말도 안 되는 고집'을 부려도 엄마가 받아 줄 것이라고 기대하며 일부러 더 심하게 하기도 한다. 이때 아이에게 지면 안

된다. 주변 사람들 때문에 무안하고 창피하다면 자리를 옮겨
서라도 안 되는 건 안 된다고 일러줘야 한다.

우연히 유튜브 영상을 보게 되었다. 대형 마트에서 떼를 쓰던
딸아이를 주차장으로 데려간 아빠의 영상이었다. 아이는 여전
히 떼를 쓰는데 아빠는 본 척도 하지 않았다. 아이가 떼를 쓰며
얼굴이 콧물 범벅이 되었는데도 모른 척했다. 한참 후 아이 울
음소리가 차츰 잦아들자 말을 건넸다. 이제 끝났냐고. 아직 눈
물 자국 콧물 자국이 그대로인데도 고개를 끄덕였다. 계속 떼
쓰면 마트 안에 데려가지 않겠다고 했다. 만약 마트로 돌아가
서 또 울면 다시 데리고 나오겠다고, 엄마랑 쇼핑하지 못할 거
라고 했다. 엄마랑 쇼핑할 기회를 잃는 거라고 말해줬다. 알겠
냐고 했더니 아이가 끄덕였다. 그러자 그 아빠가 시청자에게
말했다. 아이가 진정될 때까지 어른이 기다려야 한다고. 세 살
밖에 안 된 아이에게 그 방법이 통할까? 그 아빠는 아이가 떼
를 쓰면 아이에게 사주었던 물건을 모두 압수한다고 했다. 그
걸 누릴 자격이 없다고 말해주면서. 그런 후 앉혀놓고 아이와
마주 보며 얘기했다. 나는 신경 안 써 (네가 아무리 울어도). 나는
어른이야. 그만하면 아이가 알아들었을 것 같았다. 제대로 교
육받은 것처럼 행동하라고, 주의하라고 하고는 알아들었냐고

물으니 고개를 끄덕였다. 아빠가 마트 안으로 데려가려고 안 았더니 언제 떼를 썼냐는 듯 웃으며 흔들흔들 춤까지 추었다.

아이가 심하게 고집부리고 자기주장을 내세울 땐 어떤 태도로 아이를 대해야 할까? 아이의 건강이나 안전에 크게 영향이 없고 자신이나 남에게 피해가 없는 일이라면 허용해줘도 된다. 주변을 의식하느라 작은 일로도 아이와 힘겨루기를 하는 것은 바람직하지 않다. 아이가 화내거나 몸짓이 아닌, 말로 차분하고 타당하게 무엇인가를 말할 때는 되도록 들어주는 게 좋다. 친절하게 말할 때 들어주고 떼쓸 때 들어주지 않으면 아이는 자신의 욕구를 제대로 표현하는 방법도 배우게 된다. 이렇게 하면서 분명한 한계와 규칙이 있다는 것도 인식하게 된다. 아이가 잘할 때 칭찬해주는 것이 중요하단 걸 알면서도 하지 못하는 경우가 많다. 반대로 잘못했을 때 야단을 치게 된다. 아이가 특별히 잘 못 하지 않을 때는 칭찬을 해줘야 하는 타이밍이다. 이럴 때 칭찬을 해주자. 머리가 좋다든지 착하다는 말이 아닌, 동생과 사이좋게 놀아서 엄마가 기분이 좋다는 식의 '아이의 행동'에 대한 칭찬을.

집착하며 고집부리고 짜증이 심한 아이는 어떻게 하면 좋을까? 아이는 사랑받으면 집착이 풀린다. 아이를 위해 하루 딱

30분 만이라도 온전하게 집중해보면 어떨지… 아이가 원하는 방식으로 해주면 스스로 사랑받고 있다고 느낀다. 어릴 때는 자주 안아주고 스킨십을 해주자. 좀 더 자라면 맛있는 거를 사 먹으며 대화를 나누는 것도 좋은 방법이다. 아이 맘을 헤아려 줘 보자. 아이의 고집이나 짜증이 줄어들 것이다.

고집이란 꼭 드러나야 할 중요한 에너지 중 하나다. 생후 24개월 전후로 나타나는 고집은 아이가 '나'를 알아간다는 증거이기도 하다. 아이가 잘 커가고 있다는 의미이며, '홀로서기'를 시작한다는 사인이다. '내 것', '내가 하고 싶은 것'을 소리 높여 주장하면서 아이는 배짱을 키워 간다. 이런 배짱과 의지는 아이가 세상을 살아가는 데 꼭 필요한 힘이다. 고집이 있는 아이는 목표가 확고하며 스스로 통제하고 싶은 마음이 많은 아이이다. 스스로 해내려는 마음도 많고 주도권 갖기를 원하는 아이이다.

고집 센 아이를 잘 키우려면 스스로 통제할 기회를 만들어 주는 것이 좋다. 고집에 대한 규칙을 정하자. 아이와 대화를 통해 규칙을 정하는 게 좋다. 규칙을 정한 후에는, 그 규칙을 어겼을 때 단호하게 고집을 무시한다. 아무리 떼를 써도 소용이 없다는 것을 알도록 하자. 규칙 이후 명확한 결과를 정해두는 것이 중요하다. 규칙을 어기면 좋아하는 일을 할 수 없는 것 같은 벌칙도 좋다. 고집 이후의 결과를 정해둠으로써 규칙을 어겼을 때, 단순히 규칙을 어긴 것으로 끝나지 않고 좋아하는 것을 할 수 없음을 인지하여 규칙을 지키려는 마음이 생기게 해야 한다.

알랭의 말에 의하면 자기 생각이 옳다고 고집하는 사람은 다른 사람의 의견을 제대로 받아들일 수 없다고 한다. 고집이 세면 공부나 학습할 때도 있는 그대로 받아들이지 않을 수 있다. 쓸데없는 고집은 어릴 적부터 고쳐야 한다.

02

공부력의 기초는 체력

*

온종일 책상 앞에 앉아 공부만 하는 것이 효과적일까? 아니면 그 공부하는 시간 중 한 시간을 빼내어 운동하고 나서 공부하는 게 효과적일까? 사람마다 생각이 다를 수 있다. 운동하는 한 시간이 아까우니, 그냥 책상에 앉아서 공부하겠다고 대답할 사람도 있고, 공부하기 전이나 중간에 한 시간 정도 운동하면서 공부하겠다는 사람도 있을 것이다. 당장은 한 시간을 운동하는 데 쓰려면 아까울 수 있다. 하지만 공부하는데 체력이 약해지면 책상 앞에 앉아 있기 힘들다.

대학 시절 자취하며 아침 일찍부터 학교 도서관에 가서 공부하고 도서관 문을 닫는 밤 11시에 돌아왔을 때의 일이었다. 언제부턴가 앉아 있기가 힘들어 비스듬히 앉아보기도 하고 허리를 굽혀서 앉아보기도 하면서 버티는데 쉽지 않았다. 아버지는 그런 내가 안쓰러웠는지 1년만 쉬었다가 복학하는 게 어떻겠냐고 했다. 그런데도 고집을 부려 그냥 다녔다. 잠을 자려고 누우면 바로 눕지 못하고 신음하면서 모로 누워 울다가 잠이 들곤 했다. 그때는 운동의 중요성을 몰랐다.

몇 년 전 늦은 나이지만 공인중개사 자격증을 따고 싶다는 마음으로 공부했다. 한 달쯤 하다 보니 몸에서 이상 신호가 왔다. 대학 시절 생각이 났다. 안 되겠다 싶어 뒷산에 아침마다 올라가서 뛰기도 하고 다리와 어깨, 팔에 관한 운동도 하고 태극권도 한 후 내려왔다. 오전에는 몸이 약간 아픈듯하며 머릿속이 흐렸지만 갈수록 몸도 견딜만하고 확실히 내용 이해 면에서도 좋았다. 무엇보다 좋았던 건 오후 다섯 시쯤이면 벌써 몸이 나른하고 의욕이 떨어졌는데 밤 9시가 되어도 말짱했다.

요즘은 운동과 공부의 상관관계에 대해 많이 연구하고 있다. 운동이 공부에 어떤 영향을 주는지에 관한 연구 중 널리 알려진 것이 네이퍼빌 센트럴 고등학교의 예이다. 미국 일리노이주 네이퍼빌 센트럴 고등학교에서 0교시 체육 수업을 실시했다. 이 체육수업에 참여한 학생들의 읽기 능력과 문장 이해력 향상도가 17%였다. 반면, 잠을 조금 더 자고 0교시 체육수업을 듣지 않았던 학생들의 향상도는 10.7%에 불과했다는 연구 결과(매일경제신문, 2018, 4.2)였다. 네이퍼빌 센트럴 고등학교에서는 매일 오전 1교시 시작 전, 학생들에게 운동장을 달리게 했다. 자기 체력 내에서 최대한 열심히 뛰는, 달리기 수업을 한 학기 동안 실시했다. 이 운동 효과를 최대한 활용하기 위해 체육 수업 후에는 가장 어려운 과목으로 수업했다. 이 체육 수업을 실시한 후 네이퍼빌 센트럴 고등학교는 4년 주기로 실시하는 수학, 과학 성취도 평가인 국제교육 성취도 평가, 팀스(TIMSS)에서도 과학 1등, 수학 6등이라는 놀라운 결과를 얻었다고 한다.

EBS 다큐프라임에 나온 충남 당진시의 신평고등학교. 교과부에서 실시한 학교 향상도 평가에서 시골 학교인 신평고가 영어 1위, 국어 2위, 수학 3위의 성적을 거두었다. 전국 학업성취도 평가 1위를 기록했다고 한다. 이 학교는 정규 수업인 체육 수업 3시간 외에 평일 7, 8교시에 스포츠클럽 수업을 했다. 운동 후 즐거운 학교가 되었다고 한다. 스포츠클럽 수업 실시 후 학업에 의욕도 생기고 의지도 강해졌기 때문에 성적변화가 많이 생겼다고 한 선생님이 이야기했다. 'G' 대학교 뇌 과학 연구소의 김영보 교수는 뇌는 혈관 덩어리라고 했다. 운동을 하면 뇌 혈류가 좋아져 어떠한 방법보다도 운동이 뇌 건강에 좋다고 말한다. 뇌에 다량으로 전달된 혈액이 뇌를 깨어나게 해줘서 공부에 최적화된 상태로 만들어 준다는 것이다.

서울 서초구의 원천 중학교에서도 0교시 체육수업을 실시했다. 0교시 수업이 공부에 영향을 주는지 알아보기 위해서 다큐프라임 제작팀이 실험을 했다. 하루 40분씩 1주일에 5번 아침 운동만으로 성적이 나아질 수 있을까? 처음에는 운동하지 않은 다른 반 학생들과 다름없었다. 그런데 4주쯤 지난 후부터는 0교시 운동을 실시했던 학급 아이들의 수업 태도가 현저히 좋아졌고, 쉬는 시간에도 친구들과 활발하게 놀기도 했다. 저녁에도 이전보다 훨씬 졸리지 않아 좋다고 학생들이 말했다.

중학교 때까지 공부를 잘하던 아이 중에 고등학생이 된 후로 성적이 떨어지는 아이들이 가끔 있다. 다른 이유가 있을 수도 있지만, 특별한 이유가 없는데 성적이 떨어진다면 체력을 점검해보라고 하고 싶다.

아침 일찍 안산에 올라가 아래를 내려다보면 한성 과학고가 보인다. 코로나 이전, 평일 6시가 지날 무렵이면 어김없이 학생들이 운동장을 뛰고 있었다. 학업에 지친 학생들이 아침마다 뛰는 모습을 보면서 '저렇게 체력도 쌓아가고 있구나.' 했다. 가끔 안산 둘레 길을 뛰는 학생들도 눈에 띄었다. 막내 이진이가 과학고를 다닐 때, 자기도 아침 6시에 일어나 학교 운동장을 뛰었다고 했다. 날씨가 좋지 않거나 추운 날에는 아침 일찍 운동장에 나가기 싫을 때도 많았지만, 뛰었던 날은 확실히 몸도 가볍고 공부도 잘되어서 좋았다고 했다.

누구나 운동을 하면 기분이 좋아진다는 사실은 알지만, 왜 그런지를 아는 사람은 많지 않다. 그저 스트레스가 사라져서, 혹은 뭉친 근육이 풀어지거나 엔도르핀 수치가 높아져서 그럴 것이라고 짐작할 뿐이다. 하지만 유쾌한 기분이 드는 진정한 이유는 따로 있다. 운동을 통해 뇌에 혈액이 공급되고 뇌가 최적의 상태가 되기 때문이라고 하버드 의대 존 레이티 교수(Jhon J. Ratey)가 말했다. 그의 저서《스파크(Spark)》에서 운동은 우리의 신체뿐만 아니라 두뇌도 좋아지게 한다고 한다. 운동의 가장 큰 장점 중 하나는 학습 속도를 빠르게 한다는 것이다. 요즘은 가까운 거리는 걸어 다니려는 사람도 많아진 것 같다. 걷기만 해도 심폐 기능이 향상되고 혈액순환도 좋아진다. 또 스트레스, 불안감, 우울증 등 정신 건강에도 도움이 된다. 공부 때문에 스트레스가 많은 우리 아이들의 지친 마음을 풀어 주고 싶다면 주말에 가족과 함께 가까운 공원에서 배드민턴이나 줄넘기하는 걸 추천한다. 아이들도 집 주변에서 가볍게 줄넘기하며 틈틈이 공부 체력을 키우는 건 어떨까? 체력이 좋아지면 자기 주도력도 이전보다 훨씬 좋아질 테니.

03

하루 일정을 스스로 짜보게 하라

*

꽤 유명한 여자대학의 국비유학생이 6개월도 안 돼서 돌아왔다는 소식을 접했다. 국비유학생이라면 꽤 능력 있는 학생일 텐데 왜 돌아왔는지 궁금했다. 뜻밖에도 '엄마가 곁에 없어서' 라고 했다. 대부분 유학생은 엄마가 곁에 없을 텐데 '엄마가 없다' 는 이유가 되돌아올 사유가 될까 하는 생각이 들었다. 알고 보니 항상 엄마가 일정 관리를 해줬는데 그런 엄마가 없어서 어떻게 해야 할지를 몰라 못 견디고 돌아왔다는 내용이었다. 일정 관리를 스스로 해보지 않으면 아무리 국비유학생이고, 성인이어도 힘들다는 것을 알게 해주는 사건이었다. 고민이 됐다. '어떻게 해야 우리 아이들은 나중에라도 이런 일이 없을까? 그래, 먼저 하루 일정부터 스스로 관리할 힘을 길러줘야겠다.' 그래서 아이들에게 취지를 얘기해주고 그날부터 하루 일정을 스스로 짜보라고 했다.

초등학생들의 일정이라 단순하다고 생각되지만, 학교에 다녀온 후부터 시작하면 생각보다 시간이 빠듯했다. 스스로 해야 하는 과제와 그날그날 책 읽고 독후감 쓰기, 일기 쓰기 등 학교 과제를 포함해서 짜다 보면 생각보다 꼼꼼하게 짜야 저녁에 일찍 잘 수 있다. 먼저 한 달 동안 해야 할 일을 표로 만들어 아이마다 벽에 붙여 주었다. 그 계획표 안에서 그날 해야 할 일을 확인한 후 구체적인 계획을 잡아 보라고 했다. 처음에는 여러 번 도와주고 수정하게 했다. 해야 할 일과 시간을 고려하지 않아 잘 못 짰기 때문이었다. 하루 일정 짜보기를 처음 시작했을 때는 아침 운동이 끝난 후에 했다. 익숙해진 후로는 전날 밤에 미리 짜 두는 것이 다음날 일정 관리에 더 수월하다고 생각해 전날 밤에 짜게 됐다.

일정 짜는 방법은 이랬다.
요일별로 다르지만, 학교에서 돌아오면 2~3시가 넘는다. 먼저 하루 일정으로 꼭 해야 할 일을 적었다. 가령 학교 숙제, 영어 공부방 다녀오기. 이동하는 시간까지 합한 중국어 다녀오기. 영어 공부방에 가지 않는 날은 영어 숙제, 공부방을 다녀온 날은 복습 시간. 수학 문제집 풀기, 독후감, 일기 쓰기 등 이렇게 적은 후 요일별로 시간을 적었다. 그걸 보면서 매일의 시간표를 짰다. 가령 영어 공부방 수업이 4시에 시작한다면 영어 공부방에 가기 전까지 학교 숙제와 수학 문제집 풀기를 해둬야 했다. 그리고 영어가 끝나 돌아오면 복습을 한 후, 책 읽고 독후감을 쓰고 일기도 써야 했다. 책 읽기, 독후감 쓰기, 그리고 일기 쓰기는 아무리 힘들어도 꼭 해야 하는 일이어서 그것이 끝나야만 저녁을 먹을 수 있었다. 한 달 정도, 매일 계획했던 것을 보고 피드백을 해줬더니 그 후로는 스스로 할 수 있는 힘이 생겼다.

방학에는 온종일 집에 있어야 했기 때문에 좀 더 세세하게 일정을 짜야 했다. 가령, 다음 학기 수학 문제집 풀기와 본인이 원래 풀어야 하는 문제집을 일정에 넣어야 했다. 영어도 원래 학기 중에 하던 예습, 복습 외에 방학 동안에는 딕테이션이 추가되어 자신의 상황에 맞게 일정을 짜야 했다. 수학 문제집 하루 분량이나 영어 딕테이션 분량은 방학 기간과 책의 분량을 고려해, 방학 시작 전에 미리 정해두었다.

세연이는 일정 관리 공책에 적는 것과는 별개로 작은 종이에 일정을 적어서 과업이 끝날 때마다 하나씩 지우는 식으로 시간 관리를 했다. 원래 계획했던 시간보다 늘어지면 다음 것을 할 때 서둘러 하느라 늘 작은 종이쪽지가 책상 위에 있었다. 영현이는 수첩에 적어서 관리했는데 아침에 아빠한테 피드백 받을 때 외에는 보여 주려고 하지 않았다. 스스로 알아서 관리하겠다고 하면서. 엄마가 일하기 전에는 아이들 상황을 잘 알고 있기 때문에 꼼꼼하게 일정을 확인하지는 않았다. 그래도 잘 해내고 있다는 걸 느낄 수 있었다. 매일 저녁 온 가족이 모이면 그날 있었던 일을 발표했는데 그때 알 수 있었다.

아이들의 발표력 향상을 위해 베개 위에 올라가 그날 있었던 일을 발표하게 했다. 두 아이의 일정 관리 방식이 다르듯 발표 방식도 달랐다. 세연이는 아침 기상부터 마무리까지 나열식으로 발표했다. 영현이는 테마 식으로 발표했다. 공부는 무엇무엇을 했으며 학교에서는 무슨 과목을 어떤 식으로 배웠다는 둥 또 독서는 어떤 책들을 읽었고 어떤 느낌이었다는 식이었다.

그렇게 1년 정도 일정 관리에 익숙해진 후, 엄마인 내가 일을 시작했다. 낮에 엄마가 없기 때문에 스스로 관리하기 힘들지도 모른다는 생각이 들었다. 계획은 시간대별로 꼼꼼하게 짜지 않아도 된다고 얘기해줬다. 대신 그날그날 해야 하는 과제들을 표로 만들어주었다. 잘 보이는 곳에 붙여두고 알아서 관리하게 했다. 두 아이가 같이하다 보니 좋은 점이 있었다. 엄마가 없어도 서로 감시자(?)가 되었다. 퇴근해서 들어오면 한 아이가 해야 할 일을 제대로 안 했을 경우, 다른 아이가 먼저 엄마에게 알렸다. 서로 견제하느라 그런 것이었다.

하루 일정 중, 해야 할 일을 모두 마치면 그 날짜 맨 아래 칸에 꿀벌 스티커를 붙여줬다. 그 스티커 30개를 모으면, 30일을 아주 열심히 살았다는 칭찬의 의미로 30개를 채운 주의 주말에 창신동 문구 도매상가에 데려갔다. 평소 갖고 싶었던 것을 고르라고 해 선물로 줬다. 어느 때는 우리가 생각했던 것보다 더 큰 것을 원하는 경우도 있었다. 그럴 때는, 스티커를 더 많이 모아야 한다고 얘기해 줬다. 욕심나고 꼭 갖고 싶은 물건인 경우에는 기다려서 받았다. 아이들이 원하는 일을 해내려면 기다림도 필요하다는 걸 알려주고 싶었다.

어릴 적부터 이렇게 일정 관리를 하던 큰아이들은 나중에 중, 고등학생이 된 후에도 플래너에 기록하며 스스로 알아서 일정 관리를 하게 되었다. 시험 기간이 되면 남은 기간을 계산해서 과목별 페이스를 맞춰가며 계획을 짰다. 방학에도 하고 싶은 문제집 등을 정해서 방학 기간과 책의 양을 고려해 계획을 짠 후 스스로 해냈다.

좋은 성과를 얻으려면 한 걸음 한 걸음이 힘차고 충실하지 않으면 안 된다고 단테가 말했다. 지금 당장 좋은 성과가 눈앞에 보이지 않더라도 주어진 시간 동안 차근차근 쌓아가는 것이 목표 지점에 갈 수 있는 가장 빠른 길이 아닐까 한다. 어릴 적부터 일정 관리를 스스로 해온 사람은 성인이 되어 어떤 꿈을 갖든 그 꿈을 향해 나아갈 힘을 갖게 될 것이다.

04

아침 예습이 그날 공부를 좌우해요

*

공부에 있어 예습과 복습은 중요하다. 예습과 복습이 수업 시간에 배운 것을 내 것으로 만드는 데 많은 도움이 된다는 걸 아이들에게 말해줬다. 특히 예습은 꼭 해야 한다고. 아는 만큼 보인다는 말이 있다. 어떤 단어를 새롭게 알게 됐을 때 그 단어를 하루 이틀 사이에도 여러 번 듣게 되었던 경험이 있을 것이다. 아이들에게 예습을 강조했던 이유가 거기에 있다. 내가 조금이라도 알고 시작하면 받아들이기도 수월하고 집중도 더 잘할 수 있다는 생각에서였다. 아침 운동 후 명상을 끝내면 아이들은 예습을 했다. 예습은 과목당 10분 이내다. 하루 수업에 필요한 예습 시간은 30분가량이었다. 아침 예습 시간을 통해 그날 배우게 될 내용을 미리 파악해두면, 수업 시간에 집중을 더 잘 할 수 있어 많은 도움이 된다. 그뿐만 아니라 중요한 내용을 놓치지 않을 확률도 높아진다. 그래서 예습을 중요하게 여겼다.

예습할 때는 완벽하게 이해를 하는 것이 아니다. 짧은 시간 동안, 그날 배워야 할 내용을 훑어보는 정도면 충분하다. 내가 모르는 것이 무엇인지, 그 모르는 부분에 밑줄을 그어 수업 시간에 집중할 수 있도록 표시해두면 된다. 이렇게 표시만 해두어도 배울 내용에 대해 기대를 하게 되고 수업에 더 적극적으로 참여할 수 있다. 모르는 것을 알아가는 시간이어서, 수업 시간은 지루할 새가 없다. 궁금증을 해결해 가는 기분 좋은 시간이 될 수 있다.

예습의 필요성

아침 예습을 통해 미리 내용을 파악해두면 수업에 대한 기대감이 생긴다. 수업 중에는 모르는 것을 알아가는 즐거움도 있다. 그런데도 많은 학생은 예습하고 싶어 하지 않는다. 예습하는 데 시간을 많이 할애해야 한다는 부담감 때문인 듯하다. 하지만 예습은 교과서를 중심으로 그날 배울 내용의 흐름만 알면 되기 때문에 부담을 갖지 않아도 된다. 교과서 쪽수로는 몇 페이지 되지 않는 분량이어서 부담스러운 정도가 아니다. 읽어가다가 모르는 부분이 나오면 밑줄을 긋거나 물음표로 표시해두고, 수업 시간에 그 부분에 더 집중하면 된다. 좀 더 꼼꼼하게 공부하는 학생이라면 교과서 여백이나 포스트잇을 붙여 모르는 용어를 적어두었다가 수업 시간에 알게 된 내용을 공책에 정리하면 된다.

예습을 미리 공부해서 다 이해하는 거로 생각하면 부담스럽다. 미리 읽어보고, 고민해보고, 이해되지 않는 부분을 찾는 것이 예습의 목적이다. 그래서 예습은 '모르는 것'을 찾아내는 과정이다. 모르는 것이 무엇인지 알 때 우리는 수업 시간에 그 '모르는 것'을 배운다는 마음으로 임하게 되고 수업에 더 집중하게 된다. 즉 예습을 통해 수업을 잘 듣게 될 이유를 만드는 것이다. 예습에 관한 EBS의 실험이 있다.

EBS의 실험

예습의 효과에 관한 EBS 실험 내용은 시사하는 바가 크다. 2017년, 용인 성지고 1학년 학생을 대상으로 실험했다. 실력이 비슷한 학생들 36명이 대상이었으며 2학년 화학 수업이었다. 예습하고 듣는 그룹과 예습 없이 듣는 그룹 반반으로 구성했다. 예습 그룹도 전날 예습을 꼼꼼히 한 그룹과 수업 시작 5

분 전에 예습한 그룹으로 나뉜다. 수업 시간이 지날수록 예습 그룹에 비해 예습하지 않은 그룹은 수업 태도가 흐트러졌다. 하루 전 예습그룹은 수업이 끝날 때까지 흐트러짐 없이 수업을 받았다.

수업 마무리 후 인터뷰했다. 5분 전에 했던 내용이 조금씩 떠오르더라는 학생도 있고 질문에 대답할 수 있어서 좋았다는 학생도 있었다. 또 전날 예습하면서 이해되지 않았던 부분을 선생님이 잘 설명해주셔서 이해가 잘 됐다고 말하는 학생도 있었다. 수업 2일 후 다시 모여서 간단한 시험을 치렀다. 예습 그룹의 평균 점수가 안 한 그룹보다 약간 높았다. 1주일 후 예고 없이 또 테스트해보았다. 예습 그룹이 안 한 그룹보다 하락 폭이 작았다. 예습 그룹도 하루 전 예습 그룹이, 5분 전 예습 그룹보다 더 좋은 성적을 받았다. 예습을 하는 것이 수업 시간에 얼마나 집중할 수 있는지, 얼마나 내 것으로 소화해내는지를 보여 주는 좋은 예였다. 예습과 함께 수업 내용을 내 것으로 만드는 작업인 복습은 어떨까?

복습

효과적인 복습 방법은 무엇일까? 먼저, 수업을 집중해서 듣는 것이다. 발표와 질문 등을 통해 적극적으로 수업에 참여하면, 복습할 때 이 내용을 쉽게 기억할 수 있다. 즉 복습 시간을 단축할 수 있다. 복습도 예습과 비슷하다. 다른 점을 꼽자면 예습은 본인이 앞으로 배울 것에 대한 내용을 학습하는 과정이라면, 복습은 내가 배운 것에 대해서 다시 한번 머릿속에 각인시키는 과정이다. 만약 수업 시간에 집중해서 잘 듣고, 중요사항만을 정리해둔 노트가 있다면, 이 요점 노트를 통해 다시 한번 수업 시간에 배웠던 것을 복습할 수 있다. 이런 과정을 통해 그날 배웠던 것을 잘 기억할 수 있게 된다. 독일의 심리학자 헤르만 에빙하우스가 실험을 통해 밝혀낸 '에빙하우스의 망각곡선' 이론에 따르면 '기억을 오랫동안 지속시키는 가장 효율적인 방법은 복습이고, 한 번에 몰아서 기억하는 것보다 반복해서 복습하는 것이 더 장기적으로 기억에 남는다.'고 한다.

복습은 무조건 시간을 많이 들여야 한다고 생각할 수 있는데 아니다. 수업 끝나는 시간이 복습을 시작하는 시간이다. 수업 끝나자마자 책을 덮을 때, 배운 내용을 1~2분 정도 훑어보고 덮으면 된다. 집에 가서 복습할 때, 이 짧은 시간 덕분에 복습하는 시간을 현저히 줄일 수 있다. 집에 돌아와 복습할 때는 수업 시간에 필기했던 내용을 중심으로 교과서를 보면서 수업 내용을 되새겨보면 된다.

예습의 목적이 공부할 내용을 미리 살펴 수업 시간의 이해도를 높이는 것이라면, 복습의 목적은 수업을 통해 학습한 내용을 완벽히 자기 것으로 만들기 위한 것이다. 즉 아무리 집중도 있게 수업에 임했다 하더라도, 그것을 반복해서 자기 머릿속에 저장하는 과정을 거치지 않는다면 뇌의 '망각 효과'에 의해 수업한 내용은 머릿속에서 점차 사라지기 마련이다. 최초의 복습은 10분 이내에, 2번째 복습은 24시간 이내에, 3번째 복습은 일주일 뒤에, 4번째 복습은 한 달 이내에 하면 6개월 이상의 장기기억이 된다고 한다.

"예습하고 수업을 들으면 집중력이 높아지고, 뇌 속에서는 선생님의 정보와 이전에 예습을 통해서 형성해놓은 지식의 상승작용이 계속해서 이루어지게 된다. 그런 과정을 통해서 형성된 지식은 상당히 오랜 기간 장기기억에 보존되기 때문에 실제로 시험을 볼 때, 강력한 기억들이 될 수 있다."고 고려대 심리학과 김성일 교수가 말했다.

아침 예습을 제대로 한다면 그날 수업을 잘 소화해낼 수 있다. 수업 내용을 잘 듣고 소화했다면 복습도 쉽게 할 수 있다. 예습과 본 수업, 복습은 하나의 고리로 연결된다. 첫 단추인 예습을 잘해야만 본 수업 이해도가 높아지고, 본 수업 이해도가 높아 졌을 때 복습도 짧은 시간 안에 쉽게 할 수 있다. 오전 30분 정도가 그날 수업뿐 아니라 본인의 전체 학습에 많은 영향을 미치게 된다. 오전 예습이 그날 하루 공부를 좌우하는 이유이다.

바란다고 해서 전부 얻게 되는 것은 아니다. 내가 노력한 만큼 얻게 된다. 미리 알고 나서 배우면 수업 시간에 더 집중할 수 있고 더 많은 것을 얻게 된다. 이렇게 수업을 마쳤다면, 배운 내용이 사라지기 전에 복습해서 잡아야 한다. 내가 노력한 만큼 머리에 남을 수 있도록.

자기 주도의 골든타임

*

자기 주도 학습이란 말을 많이 듣는다. 자기가 배울 모든 내용과 과정을 자신의 판단으로 선택하고 배운다는 교육학 용어이다. 배우는 사람이 배울 내용을 정해 목표와 계획을 세우고, 스스로 알아서 공부하는 습관 정도로 이해하면 될 것 같다. 자신이 한 행동이 스스로 판단하고 결정한 것인 만큼 그 결과에 대해, 나아가 자기 삶에 대해서도 스스로 책임지게 된다. 하나하나의 선택이 의미 있다. 노력하는 과정에서 자기가 성장하는 것을 느낄 수 있기 때문이다. 그래서 자기주도 학습 습관은 실패해도 언제든 일어설 수 있는 자기 긍정의 힘을 갖는다. 부모 탓, 환경 탓 등 남의 탓으로 돌리게 되면 좌절했을 때 다시 일어설 힘을 갖기 어렵다. 도와주는 손에 익숙해지면 일어서려 하기보다는 결과에 대한 책임을 먼저 떠넘기려 하기 때문이다. 성공만 하는 선택, 성공만 하는 삶이란 없다. 자기주도 학습은 넘어졌을 때 다시 일어설 힘을 갖기 때문에 다른 무엇보다 먼저 우리 아이에게 체득시켜야 할 습관이다.

이 자기 주도성은 어떻게 체득시킬 수 있을까? 아이가 엄마 아빠에게 종속되어있다고 느끼게 해서는 안 될 것이다. 말 잘 듣는 아이는 키우기에는 편하지만, 아이 스스로 자기 삶의 주체라고 생각하기 어렵다. 말 잘 듣는다고 칭찬하는 것 보다는, 자기의 일을 스스로 해냈을 때 칭찬해 주자. 자기 신발 정리, 책가방 정리, 책상 정리 등 자신이 해야 할 이런 작은 일들부터 스스로 처리하도록 해야 한다. 이것은 스스로 당연히 해야 할 일로 인식시켜야 한다. 자신의 신발을 정리하면서 다른 사람의 신발도 같이 정리해주면 그때 칭찬을 해주자. 이때부터 자기 주도성이 시작된다. 자기 주도성이란 단순히 자기 행동에 대한 판단과 행동 결과에 대해 책임지는 것만을 의미하지는 않는다. 타인에 대한 인식과 배려까지 한 걸음 더 나아갈 수 있어야 한다. 내가 있으려면 타인이 꼭 필요하다는 것, 타인이나 사회의 도움 없이 혼자서는 살 수 없다는 것을 알아야 한다.

일반적으로 자기 주도 학습 습관은 언제부터 만들어 주는 게 좋을까? 학교에 다니기 이전부터 자기 물건 정리하기처럼 자기 행동으로 인한 정리 정돈은 당연히 해야 한다. 학습 습관은 그다음이다. 우리 아이들의 자기 주도 습관을 잡았던 예이다. 주변에 아이 공부 습관을 잘 잡아준 엄마에게 물어봤다. 아무리 늦어도 초등학교 4학년 때까지는 아이가 책상에 앉아 있는 시간을 2시간으로 늘려줘야 한다고 했다. 왜 2시간인지는 중요하게 생각하지 않았다. 단지 초등 고학년이 되면 최소한 두 시간 정도는 궁둥이를 붙이고 앉아서 진득하게 공부해야 하는 구나 하고 생각했다. 어느 날 갑자기 두 시간 동안 앉아 있는다는 것은 쉽지 않을 것 같았다. 그렇다면 저학년 때부터 조금씩 시도해보는 게 좋겠다고 생각했다. 중학교나 고등학교에 가서 학습 습관을 잡는다면 우리나라 입시 제도상 쉽지 않을 것 같았기 때문이었다. 처음부터 완벽하게 자기 주도적 학습을 해낼 수 있는 아이는 없다. 책 읽기를 시키면서 책상에 앉아 있는 연습부터 하게 했다. 그동안에도 책을 읽었지만, 정식으로 책상에 앉아서라기보다는 아무 데나 앉아 편한 자세로 읽었다. 그러던 습관을 책상에 앉아 읽게 했다.

저학년 때엔 책상에 앉아 책을 읽기만 해도 성공이다. 10~20분 앉아 있는 것도 아이에겐 힘든 일이기 때문이다. 책상에 앉아 있는 습관이 정착되면 앉아 있는 시간을 조금씩 늘려 보자. 시간을 늘려가면서 여러 가지 방법도 시도해보자. 단순히 책만 읽히다가 학습지도 풀려보고, 문제집도 풀도록 해보는 거다. 한 번에 앉아 있는 시간도 조금씩 늘려 보다가 힘들어하면 줄여보기도 하자. 학습지나 문제집을 풀게 할 때도 혼자 풀어 보게 하거나 개념 먼저 설명해주고 풀어보게 하는 등 여러 가지 방법으로 시도해보자. 내 아이의 성향을 파악하고 내 아이에게 맞는 공부 방법을 찾아야 한다.

초등학교 저학년은 스스로 하기에는 아직 어리기 때문에 부모님이나 전문가 등의 도움이 필요하다. 부모님이나 전문가는 아이들에게 공부 방법과 습관 등에 대해 격려도 해주고 도움도 줘야 한다. 그렇게 하는 동안 아이들은 자연스럽게 자기 주도 학습 방법을 익히게 된다. 특히 초등 저학년생에게는 작은 성취감을 경험하게 해 주는 것이 중요하다. 학습을 통해 성취감을 얻은 경험이 쌓이면 아이들은 서서히 공부에 대한 주도권을 갖고 자기 주도 학습을 시도할 수 있게 된다. 이렇게 쌓인 경험과 함께 초등학교 고학년이 되면 공부에 대한 주도권을 아이가 가져야 한다. 부모님이나 전문가의 개입을 최소로 하는 것이 좋다.

평생 공부력은 초등학교 5학년 때 결정된다고 해도 과언이 아니다. 왜 초등 5학년일까? 이 시기는 아이의 뇌 발달 면에서도, 교육과정의 변화에서도 중요한 시기이다. 또한 사춘기까지 겪게 된다. 신경 전문가인 김영훈 교수(가톨릭대 의정부성모병원 소아청소년과)에 따르면 공부 두뇌를 키우는 결정적 시기를 초등시기로 꼽았다. 4~10세는 왕성한 뇌 활동 시기여서 초등 2~3학년에는 말하기, 듣기, 읽기 등 국어 공부에 집중하는 것이 좋다고 한다. 학습 능력은 시냅스의 안정화가 이루어지는 10세 이후에 키워 주는 것이 좋다고. 이때쯤 되어야 수학적 추상력도 발달한단다. 초등 5학년은 뇌 발달 측면에서 보면 '공부를 할 수 있는 시기'가 된다. 교육 과정에서도 초등 5학년은 4학년 때와 달리 많은 변화가 있다. 과목별로 살펴보자. 국어는 이전에 없던 독서와 연극 부분이 추가된다. 또 논리적인 사고와 추론을 해야 하는 토의, 토론도 들어간다. 영어는 수업시수도 늘어나며 이전까지는 듣고 말하기 위주의 수업이었지만 5학년부터는 읽고 쓰기에 문법도 추가된다. 수학은 많은 아이가 어려워하는 입체도형이 나오고 연산도 더 어려워진다. 학교 수업에서 어려움이 시작되는 중요한 시기이다. 사춘기가 시작되면서 공부 주도권이 부모에게서 아이에게로 바뀌는 시기이기도 하다.

그래서 자칫 부모님의 관심이 멀어지기 쉽다. 아이가 학교생활에 적응했다고 안심되어 관심을 끊을 수도 있다. 하지만 아이들이 부분적으로 겪고 있는 어려움을 부모님이 다시 잡아줘야 하는 시기이다. 중학교에 가기 전에 스스로 할 수 있는 능력을 갖추는 것이 좋다. 혼자 계획해 보고 실행해보게 해야 한다. 학교 수업의 예습과 복습을 자기가 계획하고 직접 실행해본 후 점검할 수 있도록 도와줘야 한다. 점검했던 내용에 따라 보완해야 할 점이 있다면 다음 계획을 세울 때 반영하게 해준다.

자기 주도적인 아이로 키우려면 인내와 시간이 필요하다. 초등 5학년 부모는 관심과 격려를 잊지 말아야 한다. 매일 짧은 시간이라도 대화하는 시간을 갖고 아이의 말을 많이 들어줘야 한다. 정서적 안정감을 가질 수 있도록 '어깨 가볍게 토닥여주기' 등의 스킨십으로 관심을 표해야 한다. 사춘기, 어려워진 교과과정, 또래 관계에서 오는 피로감 등 우리 아이가 혼란스러움으로 자신감을 잃어갈 수 있기에 부모님의 작은 격려 한 마디가 용기를 낼 수 있는 원동력이 될 수 있다. 식사 후 자신의 빈 그릇을 설거지통에 넣을 때 놓치지 말고 고맙다고 말해보면 어떨까? 어제보다 나아져서 보기 좋다고, 오늘도 네가 멋지게 느껴지는 일을 한 가지만 해보자고 말해주자. 우리 아이의 활짝 핀 미소를 볼 수 있게…

06

아빠와 함께 놀기

*

OECD '2015 삶의 질' 보고서에 따르면 우리나라 아빠들이 아이와 보내는 시간은 하루 평균 6분이라고 한다. 1년으로 따져보면 36.5시간이다. OECD 국가 평균 하루 47분에 비하면 비교가 안 될 만큼 낮다. 최하위다. 바쁜 아빠들의 일상이 엿보이는 수치이기도 하다. 최근 육아빠(육아 하는 아빠)라고 하며 육아를 전담하고 있는 아빠들을 가끔 볼 수 있는데도 이런 수치라면 하루 6분도 아이와 같이 못 하는 아빠들도 많다는 생각이 든다.

"엄마, 이 그림 봐봐. 엄마는 뭐로 보여?"

"엄마는 예쁜 아가씨로 보이는데?" "난 마귀할멈."

아이들과 아빠가 놀고 있는데 여러 그림을 보면서, 보는 각도

나 시선에 따라 달리 보이는 그림을 놓고 재미있어하고 있었다. 남편은 가끔 아이들이 흥미로워할 만한 거리가 있으면 아이들에게 보여 주며 같이 놀곤 했다. 신문에 나온 기사이거나 책이거나 잡지이거나, 아이들의 생각을 흔들만한 것이 보이면 어린아이처럼 좋아했다. 주말에는 다 같이 모여 이렇게 놀 때도 많았다.

주중에 일이 바빠 집 안 청소를 제대로 못 할 때가 많았다. 주말에 맘먹고 청소해야 할 때는 남편한테 부탁했다. 아이들을 데리고 남산도서관에 다녀오라고. 남산도서관은 우리 집에서 왕복 한 시간이 넘게 걸리는 거리다. 도서관에서 놀고 돌아오면 얼추 청소가 끝나는 시간이랑 비슷했다. 도서관에 다녀온 아이들은 책 보따리뿐만 아니라 이야기보따리도 한아름이었다. 어떻게 다녀왔는지 물으면, 도서관에 갈 때는 아빠랑 끝말잇기를 하면서 갔다고 했다. 단어 끝에 '름'이나 '슴'이 들어가면 거의 이긴다며 아이들은 좋아했다. "그럼 올 때는 뭐 하면서 왔는데?" "나무도 보고 꽃도 보면서 아빠 얘기를 들으면서 왔지."라고 하거나 '이야기 꾸미기'를 하면서 왔다고 했다. '이야기 꾸미기'는 아이들을 데리고 걸어서 외출할 때 자주 하는 놀이다. 먼저 한 사람이 문장 하나를 만든다. 예를 들어 "저기 집이 보이네. 그 집에 누가 살고 있을까?"라고 하면 다음 사람이 다음 문장을 만든다. → "재미있는 아저씨가 살고 있어요." → "그런데 오늘은 그 아저씨가 집에만 있어야 하는 날이어요." → "왜냐하면 오늘은 그 아저씨가 아프거든요." → … 이렇게 이야기를 꾸미다 보면 누구도 예상 못한 스토리가 된다. 앞 사람의 문장을 들으며 그 사람이 꾸미고 싶어 하는 이야기 내용이 짐작될 때도, 뒷사람들이 그걸 어떻게 받아주느냐에 따라 내용이 달라진다. 미묘한 감정이 오가는 걸 느낄 수 있는 놀이다. 참여하는 것도 재미있지만 아이들의 생각이 움직이는 것도 볼 수 있어 은근히 결말이 기대된다. 어느 날은 아이가 짓고 싶어 하는 내용으로 다음 문장을 만들어 주기도 하고, 어느 때는 일부러 엉뚱하게 만들기도 한다. 그러다 보면 달라진 결말 때문에 속상해하거나 유쾌하게 웃기도 한다.

집 근처에 약국이 있었다. 할머니 약사님이었다. 그 옛날에, 지금도 유명한 Y 대를 졸업했다는 분이었다. 아이들을 키우며 답답할 때는, 반창고 사러 왔다며 들어가 조언을 구하곤 했다. "아이들 키우는 일은 꼭 아빠도 같이 해야 해. 엄마 혼자는 잘 키우기 힘들어요. 우리도 할아버지가 늘 도와줘서 잘 키울 수 있었지." 네 딸과 아들 한 명을 전문직으로 잘 키운 할머니여서 그 말씀이 내게는 금과옥조 같았다. 남편이 피곤하다며 싫어할 때 가끔 그 얘기를 했다. 약국 할머니가 아빠도 같이 해야 한다고 했다고. 약국 할머니 말씀 덕에 일찍 퇴근한 날이나 주말에는 아이들과 꼭 같이 놀려고 애쓰는 남편이 고맙기도 했다.

늘 바빠서 동동거리는 엄마에 비해 아빠는 움직임이 큰 놀이를 할 때가 많았다. '아빠 그네'라며 아이를 들어 올려 좌우로 흔들어 주기도 하고, '아빠 자이로드롭'이라며 높이 들었다가 재빠르게 내려놓기도 하고… 여자아이들이지만 아빠와 놀 때는 목소리도 커지고 깔깔대며 웃는 소리도 컸다.

그런데 아이들 아빠가 장기간 출장을 가야 하는 일이 생겼다. 6개월 이상 걸린다고 했다. 가끔 주말에 오기도 했지만, 주말에도 일이 바빠 오지 못할 때가 많았다. 빌라 1층에 살았는데, 방범이 허술하고 담도 없었다. 여자아이들 넷과 엄마만 있다는 사실이 알려지기라도 하면 위험하게 될까 봐 걱정되었다. 아이들에게는 아빠가 출장 갔다고 얘기할 수가 없었다. 주의를 시킨다고 해도 작은 아이들이 실수로라도 우리 아빠가 출장 갔다고 말하게 될까 두려웠다. 아침에 아이들이 아빠 어디 있냐고 물으면 일찍 출근하면서 너희들 볼에 뽀뽀하고 갔다고 했다. 밤에는 왜 아빠가 안 오냐고 물으면 아빠가 요즘 너무 바빠서 늦게 들어온다고 연락해 왔다고 했다. 그냥 그렇게 엄마가 거짓말을 하면 될 거라는 단순한 생각에서였다.

그런데 어린이집에 아이들을 데려다주고 나오려는데 막내 이진이 담임선생님이 잠시 얘기할 수 있냐고 물었다. 혹시 요즘 집에 무슨 일이 있냐고 했다. 왜 그러냐고 했더니 이진이가 매일 어린이집에 오면 구석에 쪼그리고 앉아서 청승맞게 운다는 것이었다. 아무리 달래도 잘 그치지 않는다고 했다. 낮잠 자는 시간에도 예전에는 혼자서 잘 잤는데 요즘에는 꼭 업고 있어야만 잔다고 했다. 다른 일은 없는데 아빠가 장기 출장 중이고 아이에게는 말을 못 했다고 했더니 그것 때문인 것 같다고 했다. 다른 나쁜 일이 아니어서 다행이라며 계속 신경을 써보겠다고 했다. 아이 아빠에게 사정 이야기를 했더니 출장이 곧 끝날 거라고 했다. 아빠가 돌아온 후로는 담임선생님한테서 특별한 얘기가 없었다. 나중에 물어봤더니 언제부터인지 그런 일이 없어져서 선생님도 잊고 있었다고 했다.

아빠의 역할이 아이의 발달과 행복에 지대한 영향을 미친다는 연구 결과가 나왔다. 몸으로 부대끼며 놀기 때문에 신체 발달에 많은 도움이 된다. 아이는 아빠를 즐겁고 행복한 사람으로 인식하며, 애착 형성하는 데에도 좋다. 아빠와 같이하는 놀이를 통해서 사회성이나 대인관계를 배우는 데에도 좋은 경험이 된다. 또 아빠와 대화가 많을수록 논리적이며 창의적이라는 연구 결과도 있다. 아빠의 삶 또한 더 행복하고 감성도 풍부해진다. 경성대학교(2017)의 '아버지의 육아 참여에 대한 인식, 실태 그리고 어려움' 이라는 연구에서 많은 아빠가 대답했다. 육아는 부모가 함께 해야 하는 것이어서 아버지의 육아 참여가 필요하다고. 하지만 현실의 육아 참여 실태는 직장 일 때문에 바빠서 참여 시간이 충분하지 않다고 했다. 맞벌이이며 학사 이상 학력을 가진 아버지의 육아 참여도가 높았다. 육아에 참여하기 어려운 이유로는 '육아 참여를 위한 프로그램 지원 및 육아 관련 정보 부족' 과 '육아 참여로 인한 조퇴 사용 등으로 직장 내 눈치 보기' 가 있다고 답했다. 요즘은 언제 어디서나 손쉽게 검색을 할 수 있다. 짧은 자투리 시간에 육아 관련 정보를 찾아보며 아빠도 육아에 관심을 두는 건 어떨지…

육아는 엄마 혼자만으로는 쉽지 않다. 아빠의 든든함과 엄마의 섬세함이 조화를 이루듯 아이들에게도 엄마 아빠의 사랑이 고루 필요하다. 엄마에게서 따뜻함과 섬세함을 배운다면 아빠에게선 대범함과 푸근함, 사회성을 배우게 된다. 짧은 시간이어도 몰입해서 놀고 나면 아이는 충분한 사랑을 느낄 수 있다.

제2외국어도 어릴 적에

*

　　"중국이 아직은 우리와 교역하지 않고 있지만 조만간 교역을 시작할 것 같다네."

어느 날 퇴근한 남편은 아이들이 커서는 중국어도 잘해야 하는 시기가 올 거라고 했다. '중국어를 어디에서 배울 수 있을까?' 주변에 대만에서 몇 년 동안 살다 온 사람이 있긴 하지만 두 아이를 맡기기엔 부담이 만만치 않아 고민했다. 방법을 찾다 보니 길이 보였다. 청파동인 우리 집에서 버스로 가기도 편한 곳이었다. 명동에 있는 중국 소화소학교에 직장인을 위한 중국어 초급반이 주 3회로 개설돼 있었다. 직장인을 위한 반이어서 오후 7시에 시작한다는 것이 좀 신경 쓰이긴 했지만, 값싼 수업료에 3개월 한 학기로 하는 수업이라 좋았다.

나는 고등학교 시절 제2외국어로 프랑스어를 배웠다. 명사에 성이 있어 모든 명사를 남성, 여성으로 나누는 것이 복잡하긴 했지만, 동사 변화가 영어에 비해 규칙적이고 불규칙 변화가 많지 않은 것이 좋았다. 그런데 원래 불어는 발음이 부드러워 은쟁반 위에 옥구슬이 구르는 것 같은 언어라고 들었는데 우리가 배우는 불어는 그렇지 않았다. "악쌍 뙤그", "블레 브" 등 지금도 고등학교 때 수업 중에 하던 불어 선생님 발음이 귀에 들리는 듯하다. 대학원을 준비하고 싶어 제2 외국어를 무엇으로 할까 고민하다 고등학교 때 배웠던 불어가 생각났다. 마침 장학금을 받았다. 아버지한테 장학금 일부는 불어학원 한 달 수강료로 쓰고 싶다고 얘기했다. 불어 수업 첫날, 첫 시간, 그야말로 큰 충격이었다. 젊은 남자 선생님이었는데 고등학교 때의 우리 불어 선생님에게 듣던 발음이랑 너무 달랐다. 따라 읽으라고 한 후, 한 명씩 읽기를 시켰다. 멘붕이 온 나는 거짓말을 했다. "선생님 제가 오늘 불어를 처음 배우는데, 읽기가 힘드네요. 다음 시간부터 읽겠습니다."

다른 학생들 앞에서 창피당하는 게 싫어 그렇게 모면했다. 첫날은 그냥 넘어갔지만 다음부터는 안 되리라는 걸 잘 알기에 집에 돌아오자마자 기억을 되살리며 목이 쉴 만큼 읽고 또 읽

고 또 읽었다. 다음 수업 시간에는 목이 쉬어서 제대로 읽을 수가 없었다. 그렇게 노력하며 연습했어도 늘 불어 발음은 자신이 없었다. 그때 느꼈던 것이, 뭐든 처음 배울 때 제대로 배워야 하는구나. 특히 외국어는 더더욱 그렇다는 생각이었다. 그런 면에서 볼 때 중국 소화소학교의 직장인반 중국어 수업은 매력적인 수업이라고 생각되었다.

중국어 수업에 들어가기 전, 주변을 수소문해서 중국어 '사성'에 관한 책과 테이프를 빌렸다. 아이들에게 들어보고 연습한 후 가라고 했다. 첫날 수업을 다녀오더니 세연이와 영현이가 서로 얼굴을 보며 웃었다.

"왜? 무슨 일인데?"

"중국어로 얘기해야 하는데 갑자기 영어가 튀어나왔어."

그 며칠 후에

"더 재미있는 건 영어 시간에는 중국어가 튀어나와." 뭔가 대답할 때 그 나라 말로 대답해야 한다는 생각이 들긴 하는데 머릿속에서는 두 가지가 헷갈리고 있는 것 같다며 아이들이 수업 시간에 있었던 에피소드를 얘기할 때마다 웃음 대 잔치였다.

영어를 배우는 중에 제2외국어를 배우는 것이 어떤 효과가 있을지, 오히려 마이너스 요인이 되지 않을까 걱정이 되기도 했다. 그런데 어느 날 신문 기사를 읽으면서 영어와 제2외국어를 같이 배우는 것이 두 언어를 습득하는데 오히려 더 좋은 효과가 있다는 내용의 칼럼을 접했다. 영어와 중국어 공부를 같이 해도 무리가 없다는 생각에 1년 이상 중국어를 배웠다.

중학생인 큰아이는 시험 기간에도 중국어 수업은 꼭 참석했다. 그때 같이 수업을 듣던 직장인들이 아이에게 물었다고 했다.

"요즘 시험 기간 아니야?"

"맞아요. 내일도 시험이 있어요."

"그런데 학교 시험과 관계없는 중국어를 들으러 왔어? 오늘은 내일 시험공부를 해야지."

시험공부는 미리 했고, 엄마가 중국어 수업에 빠지지 말라고 얘기했다고 했다. 아이들에게 늘 평소에 해두는 것의 중요성을 강조했었기에 무리 없이 따라와 줘서 고마운 부분이기도 했다. 중국어 복습하는 것은 시험이 끝난 후에 하더라도 수업 시간에는 빠지지 말라고 했다. 요즘 같으면 수업에 빠져도 동영상 강의로 수업을 보충할 수 있다. 하지만 그 시절에는 그런 것들이 제공되지 않았기에 그날 수업에 빠지지 않고 따라가는 방법 외에는 없다는 생각에 그리할 수밖에 없었다.

지금도 아이들은 그때를 즐거웠다고 기억한다. 같이 배우던 직장인들이 수업 끝나고 가끔 명동에서 맛있는 음식도 사주며 격려도 해주었기에 더 재미있게 배울 수 있었다고 했다. 세연이는 고등학교에서 제2외국어를 중국어로 하면서 다른 친구들보다 수월하게 공부했던 이점도 있었다. 직장인이 된 후 친구들이랑 대만에 다녀왔던 영현이는 신기해했다. 영현이네 고등학교는 제2외국어 수업이 프랑스어와 독일어밖에 없었다. 초등학교 때 중국어 공부를 한 후 따로 중국어를 한 적이 없었다. 친구들과 대만에 여행 가서 시내를 돌아다닐 때 자기도 모르게 중국어로 대답했다고 했다. 친구들이 놀라며 언제 중국어를 했냐고, 여행 때문에 일부러 따로 공부했냐고 물었다고 했다. 초등학교 때 했다고 얘기했더니 그게 기억이 나냐고 하면서 놀라더란다.

자기도 까맣게 잊어버리고 있던 중국어가 자신도 모르게 튀어나와 놀랐다고 얘기하면서, 외국어는 무조건 어릴 적에 배워둬야겠더라고 말했다.

체코 속담 중에 '새로운 언어를 하게 될 때마다 새로운 인생을 산다.'는 말이 있다. 하나의 언어만 할 줄 안다면 하나의 인생을 사는 것이라고. 새로운 언어와 함께 그 나라의 문화와 그들의 지식을 알게 되고 다양한 생각을 접할 수 있게 되기 때문이다. 우리 아이의 눈을 키워주고 사고의 폭도 넓혀 주고 싶다면 어릴 적에 외국어를 접하게 하는 것도 좋을 듯하다.

창의적인 아이, 스스로 실행해보게 하라

*

　　　　　　나는 생각이 유연하지 않다고 느낄 때가
많았다. 그래서 기발한 생각을 하는 사람들을 보면 부러웠다.
내 아이들도 융통성 있고 창의력 있는 아이들이었으면 좋겠다
고 생각했다. 어떻게 하면 그런 아이로 키울 수 있을지 고민했
다. 방법을 몰랐다. 가끔 남편이 창의력 문제가 있는 책을 아
이들과 풀고 있을 때가 있었다. '저렇게 하는 것도 한 방법이
겠구나.' 생각했다. 그런데 매번 아빠나 엄마가 놀아주지 않아
도 아이들끼리 할 수 있는 방법은 없을까 고민하게 되었다.

"와! 어과동(어린이 과학 동아) 왔네!"
하정이와 이진이는 보름에 한 번씩 오는 과학 잡지를 기다리
다 잡지가 배달되는 날에는 무척 반가워했다. 거의 보름 동안

그 잡지의 내용과 페이지를 외울 정도였다. 매일같이 시간 날 때마다 보기 때문이었다. 하정이가 학교 대표로 교육청 영재원 시험을 보러 갔던 날, 시험장에 아이를 들여보내 놓고 기다리고 있었다. 옆에 다른 아이의 엄마도 같이 있었다. 어느 학교 대표인지 모르지만, 마냥 기다리기 멋쩍어서 그 엄마랑 얘기하게 되었다. 나는 아이의 영재 교육에 대해 따로 신경 쓴 적이 없었기에 이런 엄마들은 무얼 어떻게 준비했는지 궁금했다. 그 엄마는 1년 전부터 과학 잡지를 정기구독 시켜주었다고 했다. 아이가 재미있어하고 무척 좋아한다고 해 관심이 갔다.

마침 시험을 치르던 학교 교문에서 판촉 활동을 하는 몇몇 사람 중에 과학 잡지를 홍보하는 사람도 있었다. 이벤트 기간으로 정기구독을 하면 가격할인이 된다고 했다. 하정이와 이진이를 위해 신청해주고 싶었다. 판촉 직원한테 언제까지 신청해야 이벤트 혜택을 받을 수 있는지 물어봤다. 영재원 시험에서 만났다고 얘기하면 올해 안에는 무조건 혜택을 준다고 했다. 하지만 덜컥 계약하고서 아이들이 좋아하지 않으면 어떡하나 고민되었다. 마침 한 친구가 아들이 중학생인데 전에 보던 과학 잡지를 버리지 못하고 가지고 있다고 했다. 사정 얘기를 했더니 버리기 아까웠는데 우리 두 애들이 보면 좋겠다며 몇 년분을 가져다주었다. 그 잡지가 생긴 뒤로 아이들 둘이 머리를 맞대고 앉아서 보느라 늘 떠들썩하던 집이 괴괴할 정도였다. 처음 우리 집에 왔을 때는 새 책 같았던 잡지가 두어 달도 안 돼 모두 헌책으로 변했다. 그래서 나중에 과학 잡지를 신청해줬다. 학교 대표로 나갔던 시험에는 실패했지만, 그때 시켰던 과학 잡지는 매월 배달되었다.

과학 잡지가 오면 둘이 머리를 맞대고 보면서 실험과 과학상식, 요리 등 관심 가는 분야가 많아졌다. 시사 상식이나 최근 뉴스를 과학적으로 설명해주는 코너도 무척 좋아하는 칼럼이었다. 아이티의 쓰나미와 지진에 관한 기사가 실렸던 때였다. 이진이가 학교 수업 시간에 아이티 지진에 관한 활동을 했다고 했다. 그냥 전날 읽었던 어린이 과학 동아 내용으로 발표 자료를 만들어서 발표했다고만 해서 그런가 보다 하고 넘겼다. 나중에 학부모회에 갔을 때 담임선생님 말씀이 발표 자료를 만들 때 아무런 참고 자료가 없었는데 숫자까지 정확하게 적어서 놀랐다고 했다. 그 전날 배달됐던 어린이 과학 동아의 기사를 모두 외웠던 것 같았다.

집에서 학생들을 가르치던 때였다. 어느 날 두 아이가 없어져서 수업 끝나고 한참을 찾아다녔다. 아무리 돌아다녀도 찾을 수 없어 그냥 맥 놓고 기다렸다. 나중에 둘이서 뛰어 들어왔다. 서울역에 있는 큰 마트에 다녀왔다고 했다. 이번 호 과학 잡지에 실린 실험 중 젤리 만드는 방법이 있는데 재미있어 보여 용돈으로 재료를 사러 다녀왔다는 거였다. 불을 사용해야 하는 실험은 꼭 엄마가 집에 있는 시간에만 해야 한다고 일러 두었다. 그렇게 젤리도, 양갱도 만들며 잡지 내용을 직접 실행해봤다. 워낙 하정이, 이진이가 실험하거나 요리하는 것을 좋아해서 책도 그런 내용 위주로 사줄 때가 많았다. 어느 날은 수업이 끝나서 보면 둘이 만든 떡볶이를 내놓기도 하고 수박화채를 만들기도 했고. 어떤 날은 요리에 필요한 재료를 적어주며 사다 달라고 했다. 재료를 사다 주면 둘이 만들었다며 가족들에게 또 다른 음식을 선보이기도 했다. 가족이나 집에 찾아온 손님들과 얘기 나누다가도 자기들이 읽었던 내용의 이야기가 화제에 오를 때는 둘이 똑같이 "몇 년 몇 월 호 어떤 코너"의 기사라고 말하며 정확하게 그 잡지를 찾아서 펼쳐줄 때가 많았다. 가끔 이런 하정이와 이진이가 신기하다고 느껴질 때가 있었다.

이진이가 초등 4학년 때에는 청소하는 로봇을 방학 숙제로 제출해서 상을 받기도 했다. 집에 있는 레고 블록과 건전지, 모터를 이용해서 만들었다. 가끔 지하철역에서 운전하며 청소하는 전동차를 볼 때마다 이진이가 만들었던 청소 로봇이 생각난다. 이진이가 만들었던 것은 사람이 운전하지 않고 그냥 자동으로 움직이는 걸레가 부착된 청소 로봇이었다. 사람이 운전하는 자리에 모터가 있어 저절로 청소할 수 있는 로봇. 그걸 만들어서 책상을 청소하기도 했다.

초등 5학년 때는 알칼리수가 나오는 정수기를 들여놓게 되었다. 방학 숙제로 알칼리수와 산성수, 정수 물이 식물에 어떤 영향을 미치는지 알아보고 싶다고 했다. 어떤 물을 주었을 때 식물이 잘 성장하게 되는지 알아보는 실험을 했다. 실험 키트에 씨앗을 심고 관찰했다. 산성수에서 잘 자란다는 결과가 나왔다며 보고서를 쓰기도 했다. 늘 이용하는 정수기의 물로 실험을 하고 싶다는 말이 신선한 충격이었다. 매일 마시는 물이어서 당연하다고 생각했는데 그걸 실험해보고 싶어 하다니.

몇 년 전 이스라엘의 한 연구팀은 광고를 잘 모르는 일반인을 세 그룹으로 나눠 직접 광고를 만들어보게 했다. 한 그룹은 아무런 가이드 없이 무작정 알아서 만들어보게 했다. 다른 한 그룹은 전문가에게 자유 연상기법을 배운 후 만들어보게 했다. 마지막 그룹은 광고제 입상작 중 6가지로 분류한 창의적 유형의 작품을 보여 준 후 광고를 만들어보게 했다. 세 그룹이 만든 총 15개의 광고를 일반 소비자에게 평가해보게 했다. 결과가 어찌 되었을까? 가장 창의적이라는 평가를 받은 그룹은 여러분의 예상처럼 마지막 그룹이었다. 스탠퍼드 대학, 디 스쿨(D. School - 창의성과 혁신을 가르치는 곳)의 티나 실리그(Tina Seelig) 교수는 여러 해 동안 다양한 프로젝트를 실행해본 경험을 바탕으로 말했다. '상상력과 창의력은 적당한 절차를 따른다면 후천적으로도 강화될 수 있는 자질이다.' 누구나 창의성은 가지고 있다. 그 창의성을 안으로 감추고 있느냐 밖으로 내놓느냐의 차이다. 우리 아이들이 창의성을 키워가며 밖으로 꺼내놓을 수 있도록 우리 어른이 도와줘야 한다. 주말에 가까운 교외로 아이를 데리고 나가보자. 지천으로 널려있는 식물을 관찰해보고 느낌을 나눠보고 글로도 적어보게 하는 건 어떨까?

09

차원이 다른 중학생의 차원 공부

*

이진이는 과학고를 다녔다. 학교 내신이 최상위권이 아니어서 걱정되던 아이였는데도 과학고에 합격했다. 학군이 좋은 지역은 더더욱 아닌데도.

"엄마, 오늘 방문 면접 잘 본 거 같아."

이진이가 방문 면접을 봤는데 대답을 잘했다고 했다. 과학고 선생님이 직접 자기 학교로 와서 치르는 면접시험이었다. 특히 늘 끼고 다니던 차원 노트에 적었던 부분을 잘 대답했다고 했다. 방문 면접이 있기 며칠 전부터 면접을 대비한 예상 질문지를 만들어서 스스로 대답해보는 연습을 했다. 자신이 예상했던 질문이 모두 나와 쉽게 대답할 수 있었다며 만족스러워했다. 오늘 방문했던 선생님은 작은 녹음기를 가져왔는데, 대답하는 내내 모두 녹음했다고 했다. 그렇게 방문 면접이 있고 난 뒤 면접에 통과했다며, 과학고에 직접 모여서 치르는 소집 면접에 응하라는 통지를 받았다. 선행학습 금지법에 따라 중등 교과보다 높은 단계의 내용을 평가할 수 없는 시험이었다. 그 때문에 면접을 어떤 식으로 볼지 나도 궁금했다. 수학과 과학에 관한 문제지를 먼저 주고, 그 문제를 푼 후에 자신이 풀었던 문제를 면접관 앞에서 답하는 식으로 했다고 했다. 본격적인 면접 문제를 답하기 전에 응시 학생의 긴장도 풀어주고 편안하게 대답을 유도하면서 준비된 학생인지 판단할 수 있는 질문을 받았다고 했다. "나는 화학에서 '산과 염기의 중화 반응' 부분을 좋아하는데 이진 학생은 어느 파트를 좋아하나요?" 하고 면접관이 질문을 했다고 했다. 중학교 교과서에는 나오지 않는 파트라 준비된 아이만 알 수 있는 간단한 질문이었다고 했다.

종로 도서관에서 전화가 왔다. 이진이가 대출한 도서를 연체하고 있다는 내용이었다. 이진이가 도서관에 가서 책을 빌려야겠다고 한 지 한참 된 것 같았는데 반납하지 않은 줄 몰랐다. 밤늦게 학원에서 돌아온 아이한테 물었다. 요즘 시험 기간이라 너무 바빠서 반납하러 가지 못했다고 했다. 그런데 사실은 반납하기 곤란한 사유가 있다고 했다. 그 책을 읽으면서 자기도 모르게 중요한 부분을 표시하고 메모까지 해버렸다는 것이었다.

"그 책이 꼭 필요한 거였구나. 세 권이나 된다더니. 진즉 엄마한테 얘기하지. 엄마도 방법을 모르지만, 도서관에 물어보면 될 거 같은데… 내일 도서관에 전화해서 해결해보자."

다음날 도서관에 전화했더니 책을 구입해서 도서관에 가지고 오든지 아니면 책값을 입금해주면 도서관에서 구입하겠다고 했다. 감사했다. 방법을 모르고 있었는데 그렇게 쉽게 해결이 되었다. 도의상 구입해서 가져다드려야 하지만, 도서관에서 직접 구할 수 있다고 하니 입금해드리겠다고 얘기하고 도서관 책에 관한 건 해결했다. 도서관 책에 대해 마무리하고 나자 며칠 뒤 필요한 책이 더 있다고 했다. 그 책은 주로 고등학생들이 읽는 과학 잡지인데 과월호라며 재고가 있을지 모르겠다고 했다. 그래서 그 잡지사에 전화했더니 마침 있다고 해서 구해 줬다.

중1 여름방학에 처음 과학 영재고 준비반에 들어간 이진이는 초등학교 때부터 시작해서 올라온 다른 아이들을 따라가려니 힘들기는 하지만, 재미있다고 했다. 늘 늦은 밤에 집에 돌아오면서도 항상 웃으며 들어왔다. 단 한 번도 지친 모습을 보이지 않아 감사했다. 어느 날은 돌아오더니 아주 신나는 목소리로, 오늘 수학 시간에 차원을 배웠는데 너무 재미있다고 했다. 마침 이번 주 일요일에는 학원 수업을 늦게 시작하니까 종로도서관에 가서 책 좀 빌려야겠다고 했다. 초등 고학년 때에도 고등학생인 작은언니 책이나 대학생인 큰언니 책을 즐겨 읽던 아이다. 그래서인지 도서관에서 책을 빌려서 읽는 것도 좋아했다. 종로도서관에서 책을 빌려보겠다고 하고 나서 며칠이 지난 후, 왼쪽 귀퉁이에 큰 고리가 달린 독서 카드를 보여 주며 '차원'이 재미있어 그 독서 카드에 정리해보고 있다고 했다. 그러더니 얼마 후부터는 아예 작고 두꺼운 노트에 다시 정리하고 있다고 했다. 표지가 빨간 그 노트는 책상에 거의 매일 펼쳐져 있었다. 학원에서 돌아오면 뭔가를 열심히 적곤 했다. 어느 날은 노트를 뜯어내기도 했다. 왜 그러냐고 물으면 다른 자료를 찾아봤는데 자신이 쓴 내용이 잘못됐더라고 다시 써야 하는 부분만 뜯어냈다고 했다.

그러면서 아이의 화제 중에 가끔가끔 차원 얘기를 듣게 됐다. 이렇게 차원 공부를 시작했던 때가 중1 겨울방학 바로 전이었다. 중2 때에도, 중3 때에도, 차원에 대한 책을 쓰고 싶다며 빨간 노트를 끼고 살았다. 초등 고학년 때 '올림피아드 수학의 지름길'을 혼자 풀 때처럼 느리지만 꾸준히 손에서 놓지 않고 매달렸다. 과학고 평가 중 하나인 '과제 집착성'이 좋았다.

"책을 쓰고 싶으면 써봐. 힘닿는 대로 책으로 내 보자." 사실 방학 중에는 학원에서 꼭 들어야 하는 특강이 많아 이미 학원 수강료를 밀려 내기도 하던 시점이었지만 아이의 학구열을 꺾고 싶지 않았다. 빨간 작은 노트가 책상 위에 펼쳐져 있는 양이 제법 두껍게 되었던 어느 날은 플라스틱 스프링을 빼고 있었다. 왜 그걸 빼고 있냐고 물었더니 써두었던 내용의 순서를 바꿔야 한다고 했다. 고리를 빼서 쓰고자 하는 순서로 다시 배열해야 한다고 했다.

이렇게, 거의 빨간 노트를 손에서 놓지 않으며 중3이 되었다. 3학년 2학기, 과학고 입시가 시작되고, 서류심사 통과 후 방문 면접 때, 차원에 대해 집중적으로 질문 받아 알고 있는 내용을 모두 얘기할 수 있었다. 빨간 노트의 힘으로 중1 여름방학에 과고 입시 준비를 시작했음에도, 초등 4학년부터 준비한 아이들도 뚫기 어려워하는 문을 통과했다.

아무리 약한 사람이라도 단 하나의 목적에 자신의 온 힘을 집중하면 무엇인가를 성취할 수 있다. 하지만 아무리 강한 사람이라도 그의 힘을 많은 것에 분산하면 어떤 것도 성취할 수 없다고 칼라일이 말했다. 몰입과 집중만이 원하는 성과를 거머쥘 수 있게 해준다는 얘기일 것이다. 이진이는 빨간 노트를 통해 몰입과 집중을 할 수 있었고 원하는 것을 알아가는 즐거움도 알게 되었다.

꿈이란 조금씩 도전해보고
시도해보면서 만들어가는 것이다.
작든 크든 가슴에 꿈을 품고
나아가면 언젠가는 이룰 것이다.
그 꿈을 놓지만 않는다면.

자존감을 심어주면
사교육비가 줄어듭니다

01

가난해도 괜찮아, 꿈꿀 수 있어

*

지숙이를 만나는 날이었다. 아침부터 서둘렀다. 지숙이도 아이들을 데리고 나올 테니 우리 늦둥이들을 데리고 나오라고 했다. 뭣 모르는 하정이와 이진이는 가족공원에 놀러 가는 거냐며 좋아했다. 전철을 타고 가족공원으로 갔다. 저쪽 멀리에서 손을 흔드는 친구 옆에는 여자아이와 남자아이도 있었다. 처음 보는 아이들과 오랜만에 만나는 친구. 머리가 희끗희끗해 있었다.

"엄마, 우리가 이렇게 공부하면 내가 되고 싶은 사람이 될 수 있는 거 맞지?"

"그럼, 엄마·아빠가 여유가 없어도 너희만 잘하면 되고 싶은 뭐든 될 수 있어. 외국에 가서 공부하고 싶으면 외국에서 공부할 수도 있고, 우리나라에서도 뭐든 될 수 있지."

"그럼 난 검사가 될래. 나중에 외국에 가게 될지 아닐지는 모르지만."

"나는 아직 생각 안 해 봤는데…" 유치원 때 요리사가 되고 싶다고 했던 영현이는 아직 꿈을 정하지 못한 것 같았다. 그래도 성실하게 뭔가를 하면 나중에 어떤 큰 사람이 될 수 있을 거라고 생각하는 듯했다.

지숙이는 고등학교 3학년 때 같이 자취했던 친구다. 원래 철학을 전공하고 싶어 했지만, 집안 사정상 학비가 들지 않는 서울 교육대학교에 가기로 맘먹었다. 그해 처음으로 서울 교육대학교는 등록금이 전액 무료였다. 원하는 길은 아니었지만, 우리 학교에서 서울로 유학을 간 유일한 친구였다. 지숙이가 초등학교 교사가 되었다는 소식을 듣고 몇 년 되지 않아 독일로 갔다는 소식을 접했다. 그런 친구가 며칠 전에 연락해 왔다. 독일에서 돌아왔으니 아이들이랑 같이 만나자고. 머리칼만 빼면 고등학교 때 같이 자취했을 적 내 친구 그대로인데 나도 지숙이도 아이 엄마가 되어있었다. 참 반가웠다. 돗자리를 펴고 아이들끼리 놀라 하고 20년 가까이 지난 세월을 훌쩍 뛰어넘으며 이런저런 얘기를 했다. 초등학교에 근무하면서도 공부에 대한 갈증이 해결되지 않더라고 했다. 그래서 근무하던 초등학교에서 가까운 대학교의 야간대학을 다녔다고 했다. 경제학을 전공했단다. 공부하다 보니 욕심이 생겨 독일 유학까지 가게 됐다고 했다. 학비와 부대비용은 어떻게 해결했냐고 물었더니 그런 걱정은 하지 않아도 됐다고 했다. 국비유학생이어서 모두 나라에서 해결해 줬다고.

독일에서 생활이 어땠는지 궁금했다. 아주 좋았다고 했다. 졸릴 땐 아무 곳이나 잔디밭에 누워 잘 수 있다고 했다. 잔디밭 조성이 잘돼 있어서 편히 쉴 수 있었단다. 잔디밭에서 자는 것에 대해 남의 눈을 의식하지 않아도 되는 문화여서 맘이 편했다고 했다. 고3 때도 잠이 많아 늘 고민이었던 친구인데 거기서도 졸릴 때가 많았다고 했다. 그때마다 캠퍼스의 잔디 깔린 곳 어디든 내 집인 양 쉴 수 있어 좋았다는 말이 꽤 인상적이었다. 우리나라에서는 여러 가지를 의식하느라 해볼 수 없는 일 중 하나인데, 그렇게 할 수 있다는 것이 부럽기까지 했다. 거기서 공부하다가 아이 아빠를 만나 결혼도 했다고 했다.

"공부하랴 아이들 키우랴 정신없었겠다. 많이 힘들었지?"

나도 아이들 키우면서 일하기가 버거운데 외국에서는 더 힘들었을 것 같아 물었더니 대수롭지 않게 대답했다. 평일에 자기가 바쁠 때는 이웃집 엄마들한테 아이들을 부탁하고 주말에 시간 될 때 그 집 아이들을 봐주곤 했다고 했다.

"세상은 혼자 사는 게 아니더라고. 외국이어도 이웃들과 서로 도우면 어렵지만도 않고. 덕분에 우리 아이들은 친구가 많았지."

꿈이 있다면, 그 꿈을 이루고자 하는 마음만 있다면 어려울 게 없었다. 육아하면서 해외에서 박사까지 공부하기가 어디 쉬웠을까 싶은데 아무렇지 않게 얘기했다. 그런 지숙이가 참 멋져 보였다. 가진 꿈을 향해 가는 데 문제 될 게 없다는 것 같은 대답이 나의 염려를 무색하게 했다.

그 후로 지숙이 집에도 몇 번 갔는데 옛날 어릴 적 친구 그대로였다. 된장국이며 깻잎 반찬이며 고향에서 먹던 그대로여서 친정집에 온 듯 맘이 편했다. 아마 독일에서도 이웃들에게 저리 편하게 대했겠구나 싶었다. 그 후로 몇 년 안 돼 서울대학교 대학원에서 강의하고 있다는 소식을 들었다.

우리 아이들이 공부하다 지칠 때면 가끔 물을 때가 있었다. 이렇게 공부하면 정말 나중에 커서 원하는 사람이 될 수 있냐고. 그때마다 자신 있게

"그럼, 당연하지!"

"너만 준비돼있으면 언제든 무엇이든 될 수 있지."라는 말을 할 수 있었던 건 순전히 이 친구 덕이었다. 아무리 어려울 때라도 스스로 준비되어 있으면 '장학금'이라는 것이 있으니 무엇이든 꿈꿀 수 있다고.

늘 그런 이야길 들어서인지 우리 네 아이는 장학금 받는 것이 당연하다고 생각했었나 보다. 네 아이 대학교 학비는 여느 대학생 한 명이 내는 것보다 적었다. 그리고 수능이 끝난 후에는 모두 경제적으로 자립을 했다. 부지런히 아르바이트 자리를 구해서 용돈도, 교통비도 해결했다. 그렇게 경제적으로 독립을 한 후 스스로 길을 찾아갔다. 검사가 되고 싶다던 세연이는 대기업을 7년쯤 다니고 나서 금융 공기업에 근무 중이다. 영현이는 S그룹의 연구원, 하정이는 공군이 되었다. 이진이는 서울대 대학원에서 공부 중이다. 아이들이 의견을 물어올 때 조언은 해줬지만 한 번도 무엇이 되라든지 어떤 일을 하라고 해본 적은 없었다. 본인들이 알아서 가고 있다. 네 아이 모두 지

금도 더 나은 자신이 되기 위해 노력하고 있다.

아무리 가까운 길이라도 가지 않으면 도달하지 못하고, 아무리 쉬운 일이라도 하지 않으면 이루지 못한다는 말이 있다. 지금의 모습이 대단하다 할 수 없지만, 경제적으로 어렵다고 주저앉아만 있었다면 지금의 모습마저도 없었을 것이다. 꿈이란 조금씩 도전해보고 시도해보면서 만들어가는 것이다. 작든 크든 가슴에 꿈을 품고 나아가면 언젠가는 이룰 것이다. 그 꿈을 놓지만 않는다면.

02

꿈의 시작은 동기 부여

*

　　　　　동기부여가 되었을 때 꿈이 싹트게 된다. 하지만 어떤 말이 동기부여가 되는지는 사람마다 다르다. 받아들이는 사람마다 상황이 다르기에 와닿는 말도 다르다. 꿈은 무엇일까? 사전적 의미로는 '실현하고 싶은 희망이나 이상'이다. '뭔가를 이루고 싶은 바람' 정도로 말할 수 있다. 이런 꿈을 저절로 갖는 사람도 있지만 그렇지 않은 사람도 있다. 저절로 꿈이 생기지 않을 때 누군가가 동기를 유발하는 것이 좋다. 꼭 가족이나 아는 사람이 아니어도 된다.

2015년 딜라드 대학교에서 졸업 연설을 했던 덴젤 워싱턴이 좋은 예이다. 그는 대학 시절 학점이 고작 1.7이어서 퇴학당했다고 했다. 아마 막막했을 것이다. 어머니가 하는 미장원에 앉아 있는데 거울에 머리를 말리고 있는 한 여인이 보였다고 했다. 계속해서 그 여인이 워싱턴을 보고 있어서 눈이 마주쳤는데, 그 여인이 말을 했다고 한다. "얘야. 너는 전 세계를 여행할 거야. 그리고 수많은 사람 앞에서 연설할 거야."라고. 대학에서 퇴학당하고, 군에 입대할 생각이었다고 했다. 뭘 해야 할지 모르고 있던 그가 그런 말을 들었을 때 어떤 느낌이었을까? 말도 안 된다고 생각했을 것이다. 하지만 그 여인이 했던 말을 전하던 그 순간 워싱턴은 졸업 연설을 하고 있었다. 물론 그 이전인 2011년에 펜실베이니아 대학에서도 졸업 연설을 했었다. 더구나 많은 사람에게 사랑받는 연기자이기도 하다. 어머니의 미장원에서 만났던 여인의 말을 새기며 꿈을 향해 달려왔기에 가능했을 것이다.

절망의 늪에서 임신한 오프라 윈프리의 경우는 또 다른 예이다. 오프라 윈프리는 어린 시절부터 돌봐 주던 외할머니의 병 때문에 친엄마에게로 가야 했다. 가정부 일을 하던 친엄마는 윈프리에게 관심이 없었다. 오프라 윈프리는 사촌과 삼촌으로부터 성적 학대를 받았다. 견디다 못해 반항아가 되어 집 밖으로 돌며 임신까지 했다. 윈프리를 감당하기 어려웠던 엄마는 그녀를 아버지에게 보냈다. 아버지에게로 간 후 아이를 낳았지만 2주 만에 아이가 세상을 떠났다. 기구한 세월과 죄책감을 견디기 어려워 자살도 생각했고 마약까지 했었다. 하지만 아버지와 새어머니의 지지와 격려 덕에 새롭게 출발할 수 있었다. 이후 오프라 윈프리는 어려운 일도 많이 겪었지만, 그녀가 진행했던 오프라 윈프리 쇼는 총 5,000회 방송되었다. 2004년 UN이 선정하는 '올해의 지도자상', 2005년 시사주간지 타임이 선정한 '20세기 가장 영향력 있는 인물 100인'에도 선정되었다. 그 밖에도 많은 실적이 있다. 힘들어하고 방황하던 14세의 오프라 윈프리에게 아버지와 새어머니의 지지가 없었다면 그 많은 업적도 없었을지 모른다.

나에게는 아버지의 말씀이 있었다. 어릴 적 나는 남자 형제 네 명만 있고 여자 형제가 없었다. 몸이 허약한 어머니와 다섯 아이들. 아버지는 힘든 농사일로 가계를 꾸렸다. 당신이 초등학교를 졸업한 후, 변산에 나무하러 가다가 교복 입고 학교에 가는 친구들과 마주쳤을 때, 창피하기도 하고 부럽기도 했다고 했다. 그때의 설움 때문에 꼭 '다섯 중 한 명은 대학을 보내겠다'고 했다. 그 말을 들을 때마다 속으로 그 한 명은 꼭 내가 되고 싶다고 외쳤다. 오랫동안 그 생각을 품고 있다가 아버지가 그 말씀을 하실 때 웃으며 "그럼 제가 꼭 갈게요."라고 했다. 아버지는 놀라셨다. 우리 동네는 외진 시골이어서 그때까지 여자 대학생이 거의 없었다. 아버지의 놀라는 모습을 보며 '아차' 하는 생각이 들었다. 그래도 아닌 척하며, "아버지가 보내주지 않으면 제가 일해서 방송대라도 갈 거예요." 했다. 일단 나도 꼭 가고 싶다는 얘기를 한 것만으로도 내게는 큰 소득이었다. 아마 아버지는 계산에 없던 내 말에 신경이 쓰이셨나 보다. 언제부턴가 농사일 외에 돼지를 여러 마리 키우기 시작했다. 오빠가 고2 겨울 방학에 그림그리기를 시작했을 무렵일지도 모르겠다. 오빠는 늦게 시작한 그림 공부라 밤늦은 시간까지 그리곤 했다. 아들이 한밤중까지 공부하느라 배고플세라 어머니가 야식을 들고 방에 들어가 보면 붓을 놀리느라 얼굴도 못 들고 있더라고. 큰아들이니 공부로 갔으면 좋겠는데 저렇게까지 그림만 그리는 걸 보니 그림으로 대학에 갈 모양이라고. 오빠 때문에 어머니는 눈물과 한숨을 보일 때가 있었다. 그때만 해도 예체능을 하면 공부하는 사람보다 낮다는 인식이 있을 때여서 그랬을 것이다. 오빠를 대학에 보낼 생각을 하니 학비가 만만치 않을 것 같아 아버지는 오빠만 밀어주고 싶은 눈치였다. 그런 낌새에도 나는 입버릇처럼 방송대라도 꼭 갈 거라고 말하고 다녔다.

오빠가 연거푸 대학 시험에 실패했다. 서울에 있는 친척 집으로 보내 학원에 다니게 했다. 오빠가 삼수하던 해에 나는 고3 이었다. 아버지가 "그래, 너도 시험을 봐봐라. 대신 한 번으로 끝이다. 재수는 없다." 예비고사 점수가 욕심만큼 나오지 않았다. 안전하게 가려면 사립학교에 가야 했다. 국립학교에 가면 부모님께 덜 죄송할 텐데… 한 번뿐이라는 아버지 말씀이 머리에 뱅뱅 돌아 사립학교 원서를 쓰려고 할 때였다. 어머니는 꿈을 잘 꾸었다며 그냥 국립대학교에 넣어보라고 했다. 그런데도 겁이 나서 사립대학에 원서를 냈다. 나중에 그 학교의 시험 문제를 보고 나서야 '아, 그래서 어머니가 거기를 쓰라고 했었구나.' 했다. 수학 문제가 어렵기로 소문났던 국립대학교가 그해 처음으로 수학이 쉽게 나왔다. 수학에서 과락이 나오면 평균 점수가 아무리 높아도 떨어지는 학교였는데…

라디오에서 합격자 발표를 하던 시절이었다. 오빠가 먼저 발표 나고 내 발표가 있던 날 아버지는 "너는 떨어지면 좋겠다."라고 웃으며 말했다. "아버지, 그럴까 봐 저도 낮춰 썼어요." 하며 같이 웃었다. 합격자 발표 후 아버지의 한 말씀 "어허, 큰일 났네! 사립대학교를 둘이나… 미대생 한 명에…" 첫 등록금을 내고 나서 아버지는 얘기했다. "지금부터 4년 동안 너희 둘이랑 내가 싸워야겠다. 너희는 나한테 돈을 더 달라고 하고 나는 너희한테 덜 주려고 하고. 그래야 둘 다 무사히 마칠 수 있겠지. 한번 싸워보자."

아버지 덕에 내가 하고 싶은 공부를 할 수 있게 되었을 때 나는 도서관에서 살았다. 논문을 보며 내 논문을 쓰기도 하고 참고 자료도 찾고 내가 하고 싶은 언어학 공부도 했다. 남들은 데모 하느라 바쁠 때 아버지 어머니를 생각하면 그 대열 근처에도 갈 수가 없었다.

사람마다 받아들이는 생각이 다르다. 내가 하는 말이 동기부여가 될 수도, 용기와 희망을 줄 수도, 별것이 아닐 수도 있을 것이다. 상대가 어떻게 느끼든, 나는 소망한다. 사랑을 담은 말, 좋은 말, 동기를 부여할 수 있는 말. 그런 말들이 내 안에서 뿜어져 나올 때까지, 공부하고 정성 담고 싶다.

03

봉사 활동, 성적만큼 중요합니다

*

며칠 전, 가족 단톡방에 세연이가 보내온 영상이 올라왔다. 회사에서 동료 직원 두 명과 빵 만들기 봉사를 하는 회사 홍보영상이었다. 빨간 앞치마를 두르고 초코마들렌과 백옥 앙금 빵을 만드는 장면이었다. 빵을 만들어서 기부한다고 했다. 만드는 사람들과 기부를 위해 배달하는 이들의 정성을 담아 지역아동센터에 빵을 보내는 영상이었다. 네 아이와 우리 부부가 가족 봉사단으로 활동하던 시절이 떠올랐다. 세연이와 영현이는 학교생활이 바빠서 자주 참여하기 힘들었지만 하정이와 이진이는 매월 같이 참여하며 제빵 봉사 및 공원 청소, 다문화가정을 위한 서울시 행사, 쪽방촌 봉사, 중증 복합 장애우를 위한 봉사 등 다양하게 활동했다. 봉사는 꼭 해야 하는 일이라고 생각했기에 2004년부터 우리 가족은 용산구 가족봉사단원으로 활동을 시작했었다.

봉사를 어렵게 생각하는 이들도 있다. 콩 한 쪽이 있을 때 같이 나누는 것, 옆 사람이 힘들어할 때 미소 한 번 지어주는 것, 옆 집 사람이 무거운 걸 들고 갈 때 같이 들어주는 것처럼 쉽게 생각해도 된다. 한때 지성인이 갖춰야 할 덕목 중에 '봉사'가 있었던 적이 있다. 요즘은 누구나 쉽게 할 수 있는 일이 봉사라고 생각한다. '봉사'라면 남을 돕는다고 생각하지만 봉사하는 사람들의 얘기를 들어보면 대부분 봉사 후 내가 얻는 것이 더 많다고 한다. 내 생각도 그렇다.

아이들이 많다 보니 한 번씩 나들이하기도 쉽지 않았다. 아이들이 집에 있기 답답해할 때, 아이가 한 둘일 때는 이웃집에 놀러 가기도 했지만, 네 명이 되고 보니 그도 쉽지 않았다. 가끔 남산이나 도서관에도 가고 바깥 활동도 했다. 그렇게 아이들과 활동하면서도 뭔가 의미 있는 일을 하고 싶었다. 우연히 용산구 가족봉사단이 발족한다는 사실을 알고는 그 자리에서 가족봉사단원으로 신청했다. 좁은 집안이 아닌 밖에서 온 가족이 활동하며 서로를 바라볼 수 있는 좋은 기회라는 생각에서였다. 어린 하정이와 이진이도, 중·고등학생이어서 바쁜 세연이와 영현이도 같이 참여했으면 하는 맘에서였다. 발족식에 큰아이들 둘은 참석하지 못했다. 중간고사가 끼인 기간이었기에 쉽지 않았다.

가족봉사단 발족식이 끝나자마자 중증 복합 장애우가 있는 가브리엘의 집에서 활동을 했다. 어른들은 침구류 빨기며 장애우들 씻기기, 시설 내·외부 청소를 했다. 아이들은 잔심부름과 장애우 식사 돕기 활동을 했다. 아이 아빠는 장애우 씻기기를 하고 나는 내부 청소를 한 후 침구류를 빨았다. 초등 2학년이던 하정이는 장애우들 안마도하고 식사 도우미도 해주었다. 중증 복합 장애우들이라 혼자 식사할 수 있는 사람이 많지 않았다. 대부분 떠먹여 줘야 했다. 이진이도 어린 아기와 42세 아저씨에게 밥을 떠먹여 주었다. 또 다른 봉사자들이 밥을 떠먹이다가 휴지가 필요하다고 하면 휴지를 가져다주거나 밥그릇을 치우는 일 등을 하며 바쁘게 움직였다. 네 시간 정도 했는데 집에 돌아왔더니 완전히 녹초가 되었다. 넷이서 거실에 드러누웠다. 다들 힘들다고 했다. 그런데도 묘하게 기분이 좋다고 했다. 우리가 도와주지 않았다면 시설에서 일하는 분들이 얼마나 힘들었을까 싶다며 다녀오길 잘했다고 했다. 그중 특히 기분 좋아하는 사람이 막내 이진이었다. 여섯 살짜리 아이가 봉사를 할 수 있을 거라고 누구도 기대하지 않았는데 그렇게 활동해서 기분이 좋다고 했다. 밥을 먹여주었던 아기가 정말 귀여웠다며 좋아하기도 했다. 특히 42세나 되는 아저씨를 떠먹여 줬다며 스스로 자랑스러워했다. 그 후로도 장애우 시설에는 가족봉사단 활동이 있는 날이 아니어도 가끔 찾아갔다. 아이들만 데리고 가기도 하고 내가 가르치는 학생들을 데리고 같이 가기도 했다. 피곤함과 함께 뿌듯함을 안고 돌아올 때면 발걸음이 가벼웠다.

2008년 2월. 새벽바람을 가르며 버스로 태안 앞바다에 갔다. 기름유출 사건이 발생한 후 바다 표면의 기름 막 때문에 주민들의 생계가 어렵다는 소식이 연일 전해지던 때였다. 가족봉사단원들과 함께 도착해 마주했던 바닷가. 막막했다. 돌마다 까만 기름으로 뒤덮여 있었다. 내가 돌 몇 개를 닦아서 해결될 것으로 보이지 않았다. 매서운 바닷바람을 맞으며 쪼그리고 앉아서 준비해온 마른걸레로 닦고 또 닦았다. 주민들의 이마 주름이 펴지길 바라며. 어린아이들도 언 손을 호호 불어가며 닦았다. 하얀 우비를 입고 검게 변하는 걸레를 바꿔가며 한없이 닦았다. 우리 일행만이 아니었다. 전국각지에서 모인 사람들이 모두 돌덩이들과 씨름을 하고 있었다. 몇 시간 그렇게 걸레질하고 돌아오려 할 때는 돌멩이들 색깔이 옅어진 느낌이었다. 내가 몇 개 닦아도 표가 나지 않을 것 같았는데 많은 사람이 매달린 덕에 까만색이 옅어진 듯했다. 아침에 보던 바닷가랑 돌아올 때 보는 늦은 오후의 바닷가가 다른 느낌이어서 뿌듯하기도 했다.

이 밖에도 큰아이들도 합류했던 서울역 앞 캠페인. '수요일은 가족의 날'이라며 전단을 돌렸다. 귀찮아하며 피해 가는 사람들 틈에서, 우리는 팸플릿을 받아 가는 사람들의 고마움도 느꼈다. 서울시에서 주관했던 다문화가족을 위한 축제에서 했던 풍선아트 봉사랑 어린 하정이, 이진이의 페이스페인팅 봉사 등. 6, 7년 동안 매월 있었던 활동에 빠짐없이 참여하지는 못했지만 나열하기 어려울 만큼의 여러 가지 활동을 했다. 내가 쏟았던 노력이나 시간에 비해 얻게 된 자존감과 뿌듯함은 상상 못할 만큼이었다. 서대문구로 이사한 후로도 2년 동안이나 더 용산구 가족봉사단원으로 활동했다. 중증 복합 장애우 기관은 그 뒤로도 몇 번을 더 다녀왔다. "아이 넷을 키우며 일하는 네가 봉사를 받아야 할 텐데 봉사를 하러 다니고 있냐?"고 말했던 친구가 있었다. 그런 말을 들을 때는 그저 웃었다.

지금도 봉사란 내가 주는 것보다 받는 것이 더 많은 활동이라고 생각한다. 특히 가족이 함께하며 의미 있는 시간을 보낼 수 있어서 감사한 시간이었다. 큰아이들이 성인이 되어 바빠지고, 작은 아이들도 바빠진 후로는 나 혼자 할 수 있는 활동을 하고 있다. 직장 다니는 아이들은 각자 직장에서 하고 있다.

하버드대학 실험 결과를 우연히 읽게 되었다. 의대생들을 봉사 활동에 참여시킨 후 체내 면역기능을 측정한 결과, 면역기능이 크게 향상된 것으로 나타났다. 또 마더 테레사의 봉사 활동 영상을 보는 것만으로도 인체 면역기능이 크게 향상되었다고 했다. 우리가 알고 있는 마더 테레사 효과이다. 굳이 어디에 속해서 하는 봉사가 아니어도 좋다. 거창한 봉사가 아니어도 좋다. 우리 아파트 입구나 우리 골목에 떨어진 쓰레기를 보고 그냥 지나치지 않고 줍는 것부터 해도 된다.

04

멘토를 만나게 해주세요

*

　　　　　직장이나 학교 등 새로운 곳에 신입 멤버로 들어가거나 새로운 일을 시작하게 되면 처음엔 낯설고 어색하다. 이때 누군가가 옆에서 도와준다면 쉽게 그런 기간을 단축할 수 있다. 누군가 옆에서 도와주는 사람을 멘토라고 할 수 있다. 이 멘토는 정신적으로나 내면적으로 신뢰할 수 있는 사람이어야 한다. 새로운 어떤 것에 아직 적응하지 못해 어려워하고 있을 때 멘토가 있다면 힘을 얻을 수 있다. 없던 용기도 생기게 된다. 멘토가 안내하는 대로 따라가다 보면 길을 잃지 않고도 원하는 길을 제대로 갈 수도 있다. 멘토가 있다는 것은 내 편이 있다는 것이다. 든든한 내 편이 있다는 것. 그것만으로도 맘이 안정된다.

처음 고등학교에 입학해 아는 친구가 없는 학생들이 꽤 있다.

학교생활에 적응하기 전인 3월 말이나 4월 초쯤 고1 학생들을 대상으로 집단 상담을 해왔다. 활동 후 소감문을 받아보면 두 시간 동안에 생각보다 많은 일이 있었다는 걸 알게 된다. 같은 교실에서 한 달 동안이나 생활했는데 같은 그룹의 친구들에 대해 잘 모르고 있었다. 오늘 처음으로 그 친구의 얼굴을 자세히 봤다는 아이들도 생각보다 많았다. 활동 시간 동안 서먹하지 않게 하기 위해 아이스 브레이킹 시간을 갖는다. 그때 마음이 열린 아이들은 자신의 꿈이나 앞으로의 방향 설계를 잘해 나간다. 활동하다가 어려우면 옆의 친구들에게 도움을 요청해 보라고 한다. 대부분 아이들은 쉽게 요청한다. 간혹 혼자 끙끙대는 친구가 있다. 그런 학생들은 상담 선생님께 특별히 부탁하게 된다. 지속해서 관심을 주면 좋겠다고. 이런 친구들에게 멘토가 있으면 좋을 것 같았다.

세종 국제고등학교에서는 개교 이래로 1학년, 2학년, 3학년이 상호 교류하며 학교폭력도 예방하고 후배들의 학교생활을 돕고자 멘토-멘티 결연행사를 진행하고 있다는 기사를 접했다. 신입생이 입학하면 그 즉시 1학년, 2학년, 3학년 각 1명씩 서로 연결하여 멘토- 멘티 관계를 맺는다고 한다. 멘토, 멘티들은 학교생활 중 수시로 함께 모여 대화를 나눌 수도 있고 학업,

성적, 교우관계 등 다양한 측면에서 서로 고민을 들어주고 해결방안을 모색하는 기회도 갖는다고 했다. (2017.06.29.) 다른 학교보다 더 활발하게 멘토-멘티 활동을 하는 것 같아 많은 관심이 가는 기사였다.

세연이가 고등학교에 들어가 1학년 학기 초에 번 선배를 만나 선물을 받았다며 가져왔다. 번 선배는 학년은 다르지만 같은 반, 같은 번호인 선배다. 예컨대 우리 아이가 1학년 2반 31번인 경우 번 선배는 2학년 2반 31번과 3학년 2반 31번이다. 어려운 일이 있으면 언제든 얘기하라며 도움 되는 얘기도 많이 해줬다고 했다. 처음 고등학생이 되어서 모르는 게 많아 힘들었는데 번 선배 덕에 학교생활이 좀 더 편안하게 되었다며 좋아했다. 번 선배에게서 조언을 듣고 왔다는 말을 들었을 때, 엄마인 나도 왠지 맘이 편안해지는 듯했다. 본인은 나보다 더 좋았을 것 같았다. 번 선배가 수능을 볼 때는 수능 잘 보라며 응원 카드랑 찰떡도 준비해서 가져갔다. 선후배가 서로를 챙기며 힘을 실어주는 것도 좋아 보였다.

대학에 들어가서도 번 선배와 친해지는 경우가 종종 있다. 고등학생 때까지는 본인이 크게 노력하지 않아도 학교 내에서 일어나는 일에 대한 정보를 쉽게 얻을 수 있었는데 대학에서는 그렇지 않다. 스스로 찾아야 하는 경우가 많다. 이때 선배의 조언이나 도움은 고등학교 때 이상의 가치다. 우리 아이들도 대학 생활에 적응할 때, 번 선배나 주위 선배의 조언이 많은 도움이 되었다고 했다. 학점 관리하는 법이나 수강 신청하는 요령도 그 선배에게서 배웠다고 했다.

학교생활을 할 때도 멘토의 힘은 크게 와 닿는다. 그런데 진로에서는 그보다 더 절실하게 느껴진다. 하정이가 공부에 관심도 없고 욕심도 없을 때였다. 특별히 뭔가가 하고 싶지도 않다고 했다. 여러모로 고민됐다. 어느 날 대학에서 학생을 가르치고 있던 친구와 통화를 하다가 그런 얘기를 꺼냈더니 아이를 데리고 한번 나오라고 했다. 고등학생인 하정이를 교수 식당에 데리고 가서 맛있는 점심을 사주었다. 식사하는 동안 아이가 편안하게 먹을 수 있도록 엄마랑 어릴 적 같이 지냈던 재미있는 얘기로 한껏 웃게 해주었다. 하정이는 고등학생은 느껴보지 못했을 주변 분위기가 낯설지만 싫지 않은 눈치였다. 식사가 끝나고 차를 마시면서 앞으로 어떤 사람이 되고 싶은지, 관심 가는 분야가 무엇인지 아이에게 물었다. 어떤 사람이 되고 싶은지 모르겠다고 했다. 맘이 끌리는 분야도 딱히 없다고 했다. 공부 자체가 별로 재미없다고 했다. 그럼 무엇에 흥미가 있냐고 물었더니 교과서가 아닌 다른 책을 읽는 것은 좋다고 했다. 최근에 어떤 종류의 책을 읽었냐고 물었더니 판타지 소설도 읽고 군주론과 국가론도 읽었다고 했다. 어떤 내용이냐고 물었더니 판타지 소설의 내용과 군주론, 국가론의 내용에 관해서도 얘기를 했다. 두서없어 보이는 얘기였지만 핵심은 알고 있었다. 친구는 아이의 얘기를 한참 들어주었다. 혹시 앞으로 읽고 싶은 책이 무엇인지 물었다. 손가락으로 꼽으며 몇 가지를 얘기했는데 기억나지는 않는다. 특별히 진로에 관한 얘기나 무엇을 어떻게 했으면 좋겠다는 말도 없이 아이의 관심사에 관해서만 얘기하고 헤어졌다. 그 후로 아이가 특별히 달라 보이지는 않았다. 다만 야간자율학습이 끝나고 집에 오면 씻고 바로 자던 아이였는데, 12시가 넘는 시간까지 아이 방에 불이 켜져 있었다.

이진이가 고등학교 때 진로를 정하면서 산업공학에 대해 알고 싶다고 했다. 아직 진로를 정하지 못해 어느 방향으로 가면 좋겠냐고 물었을 때 '너는 산업공학이 맞을 것 같다'고 했던 내 말이 생각났다고 했다. "그럼 그 분야를 공부했던 삼촌을 소개해 줄까?" 했더니 그런 분이 있냐며 좋아했다. 우리나라에 산업공학과가 처음 생기던 해에 학교에 입학했던 삼촌이라고 했더니 만나보고 싶다고 했다. 만나서 궁금한 것들을 물어보고 삼촌이 사주는 맛있는 음식도 먹고 오더니 진로를 정했다고 했다.

아직 어떤 길이나 집단에 익숙하지 않을 때 멘토의 말 한마디가 많은 힘이 된다는 것을 우리는 잘 알고 있다. 내 아이에게, 주변의 후배에게 관심을 두고 멘토가 되어주는 것도 그들의 새로운 일에 도움을 주는 선한 행동이다. 내가 그들의 멘토가 되기 어렵다면 멘토를 만나게 해보자. 초보인 누군가에게는 멘토가 주는 작은 관심이 꿀 같을 것이다. 오늘 나도 육아 후배에게 조금이라도 맘이 편안해질 수 있는 말을 해주며 주말 아침을 시작했다. 지금 그대로 아주 잘하고 있다고. 걱정하지 말라고.

05

언제나 꿈은 크게 꾸자

＊

　　　　머칠 전 한 지인으로부터 블로그 포스팅 하나를 전달받았다. 세계 최고령으로 데뷔한 일본 시인 시바타 도요 할머니에 관한 내용이었다. 시바타 도요 할머니에 대해서 들은 적은 있지만 직접 할머니의 시까지 읽어본 것은 처음이었다. 2013년 타계한 시바타 할머니의 취미는 일본 무용이었다. 90세가 넘어 무용을 하기는 어려웠다. 아들 겐이치의 권유로 시를 쓰기 시작했다. 장례비로 모아둔 100만 엔으로 첫 시집 《약해지지 마》를 출간했다. 그때 나이 만 98세. 이 시집은 일본뿐만 아니라 한국, 대만, 네덜란드 등 여러 나라에서 번역 출판되어 많은 인기를 얻기도 했다. 꿈을 꾸는 데는 나이가 따로 없다. 그 꿈의 크기는 어떨까?

　'막대기만큼 바라면 바늘만큼 이루어진다.' 는 중국 속담이 있다. 작은 꿈을 꾸면 그보다 더 작은 것을 이루게 된다. 하지만 자신이 이루지 못할 꿈을 향해 가더라도 그 꿈을 향해 가다 보면 스스로 더 많이 노력하게 된다. 유튜브에서 공신 강성태 씨가 실시간으로 멘토링 하는 방송을 본 적이 있다. 한 중학생이 나중에 우리나라의 모 은행에 취직하고 싶다는 댓글을 올렸다. 이걸 읽어 본 강성태 씨는 가슴 뛰는 꿈이 아니면 갖지 말라고 했다. 100점을 목표로 하면 100점이 안 돼도 90점은 될 거라고. 70점을 목표로 하면 잘해봐야 70점을 이룰 것이다. 중학생이면 어떤 꿈을 꿔도 좋은 나이라고. 아직 어린 학생이 그런 꿈을 갖는 것은 반에서 23등 하는 친구가 22등 하겠다는 계획을 세우는 거랑 다를 바가 없다고 했다. 반에서 꼴찌였던 학생이 전교 1등을 꿈꾸면 설레고 긴장되지 않겠냐고. 꿈은 그렇게 꿔야 한다고 했다. 듣는 나도 설레는 꿈이었다.

가영이는 초등학교 6학년 겨울에 영어를 처음 시작했다. 배움에 대한 열망이 컸다. 알파벳만 알고 있어서 파닉스로 시작했다. 파닉스가 끝난 후 다른 친구들보다 습득 속도가 빨랐다. 성실하면서도 정확하게 익히는 아이였다. 어느 날 외국어고등학교에 관심이 있다고 했다. 그래서 외고에 관한 정보를 알려주었다. 워낙 늦게 시작했기에 약간 걱정이 됐었다. 그런 학교에 가려면 학습량이 더 많아야 한다고 했더니 당장 다음 달부터 다른 학생들의 두 배만큼 하겠다고 했다. 다른 아이들은 1주일에 한 번 만나, 30분 동안에 1주일간 했던 학습 내용을 확인하기도 바빴다. 대부분 1시간가량 봐줘야 했다. 그런데 가영이는 30분도 남았다. 내가 방문했을 때 교재와 공책을 보여 주며 "오늘은 한 가지만 가르쳐주시면 돼요."라고 말했다. 다른 것은 이미 이해가 다 됐다고 했다. 교재를 넘기며 살펴보면 형광펜이 여러 색으로 칠해져 있었다. 연두색, 핑크색, 보라색이 같이 그어진 부분만 알려달라고 했다. 테이프를 세 번 들으면서 했는데도 모르는 거여서 표시해뒀다고 했다. 한 가지나 두 가지만 가르쳐 주고 나면 시간이 남았다. 남는 시간에는 다른 학생들은 어떻게 공부하는지 알려달라고 했다. 그럴 땐 다른 학생의 공책을 빌려다 보여 주기도 했다. 가끔은 과목별 공부법을 물어오기도 했다. 과목별 공부법을 알려준 뒤, 서너 달 후에 물어봐도 새로 알게 된 학습법으로 공부하고 있었다. 결국 바라던 외국어 고등학교에 진학할 수 있었다.

집에서 아이들을 가르칠 때, 현민이는 처음에 내 속을 많이 썩였다. 쓸데없는 말을 하며 수업을 방해하거나 노골적으로 수업 받기 싫어했다. 다른 아이들과 그룹으로 하지 않고 혼자 했다. 동네 학원마다 다 다녔고 공부방마다 다 다녀서 이제 갈 곳이 없다며, 엄마가 1년 동안 내게 부탁했던 아이였다. 아는 수학 공부방 선생님은 그 아이를 절대로 받지 말라고 했다. 가는 곳마다 모든 선생님을 울린 아이라고. 자기도 너무 힘들었다고. 그렇게 힘든 아이라면 나도 싫다는 생각이 들었다. 하지만 어디서든 만나면 붙잡고 우리 아이 좀 맡아달라고 부탁하는 엄마의 청을 더는 거절할 수 없었다. 처음 왔던 날 자세한 상황이 기억나진 않지만 정말 화가 나게 하는 말을 했다. 체벌을 거의 하지 않았었는데 나도 모르게 아이를 때렸다. 매가 없어 한참을 찾아서 때렸다. 첫날부터 호되게 군기 잡힌 아이는 조금 수그러들었다.

원래 다른 아이들 수업은 그렇게 하지 않았는데 이 아이는 아이가 하기 싫은 내색을 하면 수업을 하지 않고 그냥 이야기를 나눴다. 어른들만 하는 고민도 얘기해줬다. 그리고 네가 지금 수업받지 않고 있어서 허비하는 돈이 어느 정도의 가치인지도 얘기해줬다. 내 방식으로 공부를 해보더니 한 달쯤 지나자 아이가 말했다. 지금까지 초등학교 2학년부터 5학년이 되도록 다녔던 학원, 공부방에서 했던 공부량을 합한 것보다 나랑 한 달 동안 공부한 양이 더 많은 것 같다고 했다. 그러면서 스스로 공부하기 시작했다. 처음에 그렇게 힘들게 하던 아이가 내 방식에 익숙해지면서 달라졌다. 자기가 걱정되거나 결정하기 어려운 일이 있으면 무조건 내게 물어왔다. 하루는 할아버지가 비용을 부담할 테니 미국이나 캐나다에 공부하러 다녀오라고 한다고 했다. 그리고 자기는 가고 싶은 마음이 전혀 없다고도 했다. 우리나라에서 공부해도 충분한데, 왜 외국에까지 가야 하는지 모르겠다고 했다. 넓은 세상에 가서 눈도 키우고 꿈도 더 크게 가져보라고 말해줬다. 그래도 왜 가야 하는지 모르겠다고 말하며 가기 싫어했다. 여러 번 설득한 끝에 캐나다에 1년간 다녀왔다. 캐나다에 있는 동안에도 몇 번 전화를 걸어왔다. 생각보다 좋다고 했다. 창밖에 노루도 보이고 풍경도 너무 좋다며 오길 잘했다고 했다. 캐나다에 다녀온 후로 공부도 더 열심히 했다. 나중에 대학을 졸업하고도 공부를 더 하고 싶다고 했다. 스물여섯 나이에 결혼하자마자 신부와 함께 미국으로 갔다. 훌륭한 디자이너가 되고 싶다고. 초등학교 때 1년 동안 외국에 있으면서 눈도 뜨이고 꿈도 키운 덕이 아니었을까 싶다.

민성이는 초등학교 5학년에 다른 영어학원에 다니면서 우리 학원에도 다녔다. 학원에 나온 지 2개월 만에 외국으로 가게 될지도 모른다고 했다. 영어를 더 잘하려면 필리핀에 다녀와야 할 것 같다고 했다. 여름방학 동안 필리핀에 가서 우리 학원 교재 공부도 병행할 예정이라고 했다. 다른 친구들이 하는 분량의 두 배를 가지고 가야겠다며 준비해달라고 했다. 출발 전에 교재를 받으러 와서 같이 사진을 찍자고 했다. 나를 만나게 된 건 3개월이 채 안 되지만 자신에게 소중한 분이라서 꼭 사진을 찍어야 한다고 했다. 그렇게 필리핀에 다녀오고 나서 몇 개월이 되지 않아 외국으로 가게 되었다. 외국에 가더라도 우리말로 된 책을 읽으면서 꼭 우리말도 열심히 하라고 말해줬다. 장영희 선생의 《살아온 기적 살아갈 기적》 책을 선물로 주면서. 그 아이는 독일, 루마니아 등으로 아버지 직장을 따라가게 되었는데 가끔 전화로 소식을 전해 왔다. 이곳 학교에 관한 소식을 듣고 싶어 하기도 했다. 가끔은, 돌아왔을 때 어떻게 될지 모른다는 불안감도 전해왔다. 외국으로 떠날 때, 4년 후에 잠시 들어올 수 있다고 했었다. 4년이 지나 들렀을 때도 역시 사진을 찍자고 했다. 그러면서 남긴 말이 "어떻게 하면 제가 서울대학교에 갈 수 있을까요?"였다. 다시 외국으로 돌아갔을 때, 나는 필요한 정보들을 여러 통로로 전해주었다. 그리고는 3년 전에 돌아왔다고 했다. 대학 입시 준비를 열심히 하고 있단 소식도 전해왔다. 마침내 작년 겨울. 서울대학교에 합격했다는 소식을 전해왔다.

나의 세 학생의 꿈은 아직 이루어지지 않았다. 꿈을 향해 가는 중이다. 하지만 처음 꿨던 꿈은 이룬 셈이다. 처음부터 꿈을 꾸며 행동할 수도 있고, 행동하며 꿈을 키울 수도 있다. 꿈을 가질 때만큼은 크게 가져야겠다. 혹여 미치지 못하더라도 근처까지 갈 수 있도록.

06

네 아이 대학 등록금이 한 아이 등록금보다 적어

＊

대학 등록금.

많은 부모에게 신경 쓰이는 부분이다. 내게도 대학 등록금은
걱정거리였다. 세연이가 대학생이 되자 학기 시작할 무렵만
되면 등록금이 큰 짐이었다. 학기 시작 두 달 전쯤부터 이번에
는 어떻게 융통해야 하나 머리를 써야 했다. 목돈을 마련하기
가 힘들었다. 적게나마 붓고 있던 적금을 깰 수밖에 없었다.
간간이 들어뒀던 보험도 해약하고 그마저도 어려울 땐 현금서
비스를 받기도 했다. 네 아이를 키우면서 눈앞의 급한 불만 끄
다 보니 여유라곤 없었다. 아이들이 어릴 때 교육보험이라고
해서 들어 뒀던 것도 있었지만 별 도움이 되진 않았다. 가입 당
시 물가에 기초한 금액이어서 많이 부족했다.

영현이가 고3이 되자 당장 두 아이 등록금을 어찌 감당할까

하는 걱정이 앞섰다. 열심히 하는 아이를 보면서 자격 없는 부모인 것 같아 아이들에게 미안하기도 했다. 우리 아버지는 농사일에 더해 돼지를 키웠었는데 나는 그런 융통 머리도 없구나 싶었다. 조금이라도 걱정을 덜 수 있게 영현이가 국립대에 갈 수 있기를 기대했다. 그런데 수능에서 과탐 한 과목이 발목을 잡아, 어렵게 되었다. 사립대에 가야 할 텐데, 막막했다. 이러다 학교 등록을 못 하는 사태가 생기는 건 아닐까 미리 겁도 났다.

고민 끝에 영현이 친구 엄마 중 믿을만한 분에게 사정 이야기를 털어놓았다. 혹시 방법을 찾을 수 있을까 해서였다. 한 번도 그런 얘기를 주고받은 적 없는 엄마여서 맘이 편치는 않았지만, 아이를 생각하면 그런 거 저런 걸 따질 상황이 아니었다. 염치고 체면이고 문제가 안 됐다. 그런데, 그 엄마는 너무도 편안한 말투로 별일 아닌 듯 말했다. 걱정하지 말고, 어느 학교든 아이가 가고 싶어 하는 학교에 지원해보라고 했다. 아는 분을 통하면 기업 장학금을 받을 수 있게 도와줄 수 있다고 했다. 그 기업이 아니면 아는 종교단체에 부탁해서 알아볼 수도 있다고 했다. 학업을 포기하지 않아도 된다는 희망만으로도 뛸 듯이 기뻤다.

아이 친구 엄마 덕에 걱정을 추스르고 집에서 가까운 Y 대학교와 약간 떨어진 K 대학교 중 어디로 지원해야 하나 고민하고 있었다. 원서 접수 기간에 영현이가 집에서 먼 학교에 원서를 내고 왔다고 했다. 학교에 대해 좀 더 알아보고 정하지 갑자기 왜 그렇게 정했냐고 물었더니, 그해 처음으로 수능에서 국·영·수 세 과목이 1등급이면 공과대학은 4년 전액 장학생으로 입학할 수 있는 전형이 생겼다고 했다. 수많은 입시 전형 속에서 담임선생님이 뒤지고 또 뒤져서 찾아냈으리라. 나도 모르게 눈물이 쏟아졌다. "고맙다, 고맙다…." "선생님, 고맙습니다…." 혼자 중얼거렸다. 담임선생님도 감사하고, 모 대학의 한의대에도 합격했지만, 전액 장학금이 있는 K 대학에 가기로 맘먹은 영현이도 고마웠다.

세연이는 고등학교 때 점수관리를 잘했다. 그런데도 수시지원을 하면서 최후의 보루로 지원하자고 했던 대학교에만 합격하게 되었다. 담임선생님이 혹시 어찌 될지 모르니 원서만 넣어두면 되는 학교라며 넣자고 했던 학교다. 그 학교에 다니거나 아니면 재수해야 했다. 동생이 세 명이나 있는데 재수시킬 엄두가 나질 않았다. 고등학교 졸업식 날 여러 선생님이 그 학교에 가기는 아까운 아이이니 꼭 재수시켜달라고 당부했다. 그런데도 그냥 다녀야 했다. 원하지 않는 대학교에 다니게 된 탓인지 공부에 흥미도 없어 보였다. 학점관리도 소홀했다. 복수전공하던 과목 중 하나가 점수 오류가 있었는데 교수님이 상황상 고쳐줄 수 없다며 다시 수강하라고 했다. 그때부터 정신이 번쩍 들었었던 것 같다. 3학년 때부터 장학금을 받기도 하고, 학교에서 지원해주는 해외 다녀오기 프로그램에도 참여하면서 고등학교 때의 적극성이 되살아난 듯했다. 세연이도 장학금을 받고 영현이도 학비를 내지 않으며 학교에 다니게 되니 숨통이 트였다. 어릴 적부터 아이들에게 해주던 말이 현실로 되는 듯했다. "지금은 우리 형편이 좋지 않지만, 너희가 대학에 갈 무렵에는 좋아질 거야. 혹시 좋아지지 않더라도 너희만 자격을 갖추고 있으면, 사회에서든 나라에서든 네가 원하는 일을 할 수 있도록 도와줄 거야." 사실 그리되었으면 하는 엄마의 기도였다.

두 언니가 장학금을 받고 다닌다는 것을 어릴 적부터 알고 지냈기 때문이었을까? 하정이와 이진이는 대학은 당연히 장학금을 받고 다니는 것으로 생각한 것 같다. 다자녀 장학금이 있어서 셋째 이후의 아이들은 국가에서 주는 장학금을 받을 수 있었다. 하지만 1학년 1학기 첫 등록금을 제외한 나머지 학기는 성적 장학금을 받았다. 덕분에 다자녀 장학금을 받지 않아도 되었다. 이진이는 이공계 학생들에게 나라에서 지급해주는 이공장이라는 장학금도 받게 되었다. 3, 4학년 2년간 2천만 원의 장학금이 지급되는 혜택이다. 원래 조기졸업을 하려고 준비했는데 이공장 조건이 '4학년 2학기까지 다녀야 하는 것'이어서 조기 졸업하지 않기로 했다.

어릴 적부터 자기 일을 스스로 알아서 했던 덕분인지 네 아이 모두 수능이 끝나면 자기들이 알아서 용돈을 벌어 썼다. 또 학업이나 수강 신청에 대해서도, 학점관리에 관해서도 따로 물어오지 않았다. 가끔 수강 신청 기간이 되어서 어떤 과목을 어떻게 하고 싶은지 물어보면 이미 계획을 다 짰뒀다며 걱정하지 말라고 했다. 그저 엄마의 기도만 더하면 되었다.

학기 시작 무렵만 되면 견뎌내야 해야 했던 등록금 걱정, 이제 날려 보낼 수 있어서 좋았다. 아이들과 마음을 함께하며 어릴 적부터 스스로 해낼 수 있는 힘을 길러주었기에 가능했던 것 같다. 아이들이 학교에 다닐 때는 성적 장학금에만 관심을 가졌다. 성적 장학금만이 등록금 해결을 위한 유일한 끈인 줄 알았다. 영현이 친구 엄마가 기업 장학금 얘기를 해줬는데도 거기까지 생각이 미치지 않았다. 사실 아이들에게 꼭 장학금을 받아야 한다는 얘기를 어릴 적이 아니고는 해본 적이 없다. 아이들 스스로 당연히 장학금을 받아야 한다고 생각했던 것 같다. 자기들 아는 선에서는 성적 장학금만이 장학금이라고 생각했던 거 같기도 하고.

신학기 등록 기간이 다가온다. 대학원을 다니고 있는 이진이에게 이번 등록금을 어찌할 건지 물어보았다. 이번 학기도 알아서 할 수 있다며 염려하지 말라고 했다. 대학교 신입생 때부터 학비에 대해, 그리고 용돈에 대해 신경 쓰지 않게 해준 것이 참으로 고맙다.

07

기업 장학금 vs 학교 장학금

*

하정이를 낳던 90년대 후반에는 둘째 아이까지만 출산 시 의료보험이 되었다. 셋째라서 일반 의료비를 내야 했다. 출산 비용도 꽤 많이 들었다. 시대가 달라지면 음지가 양지 되고 양지가 음지 된다고 했던가! 하정이가 대학에 가려니 다자녀 장학금을 셋째부터 지급해 준다고 했다. 첫째 둘째는 제외였다. 우리가 알고 있는 국가 장학금의 일종이다.

앞에서도 밝혔듯이 영현이가 대학 갈 때 등록금이 없어 고민하고 있을 때, 친구 엄마의 "등록금 걱정은 말고 아이가 원하는 학교 어디든 지원하세요."라는 말은 구세주 같았다. 그때 그런 일이 있었는데도 아이들이 학교에 다니는 동안에는 학교 성적에 대해 받게 되는 성적 장학금만 있다고 생각했다. 그래서 내색은 하지 않았지만, 어찌 됐든 성적 장학생이 되었으면 하고 내심 바랐다. 바람대로 입학 시 다자녀 장학금을 받았던 하정이도, 이진이도 첫 등록금 이후로는 전부 성적 장학금을 받았다. 성적 장학금을 받을 수 있어서 국가 장학금은 받지 않아도 되었다. 그런데 나중에야 알게 되었다. 성적 장학금 외에도 찾아보면 장학제도가 생각보다 많다는 것을.

장학금은 학업을 계속하고 싶은 학생에게 지급하여 열심히 공부해보라고 기회를 주는 경제적인 혜택이다. 공부하기도 바쁜 학생들이 학비 걱정하지 않고 공부만 할 수 있다면 학교생활이 훨씬 즐거울 것이다. 그런 면에서 장학금에 대한 정보는 잘 알고 있을수록 학생 입장에서는 심적인 안정을 얻을 수 있을 것이다.

장학금은 국가에서 지원해주는 '국가 장학금' 과 성적 장학금처럼 교내에서 지급해주는 '교내 장학금', 학교가 아닌 곳에서 지급해주는 '교외 장학금' 으로 나눌 수 있다. 국가 장학금에는 ① '소득 연계형 장학금' 과 ② '국가 근로 및 중소기업 취업 연계 장학금', ③ '국가 우수 장학금', 그리고 ④ '푸른 등대 기부 장학금' 등이 있다.

①소득 연계형 장학금은 '누구나 의지와 능력만 있다면 대학 교육의 기회를 제공한다.' 는 취지의 장학금이다. 여기에는 Ⅰ유형과 Ⅱ유형으로 나누어진다. 국가 장학금 Ⅰ유형은 소득 분위와 관련돼서 경제적으로 형편이 어려운 학생들에게 지급되는 장학금이다. 지원 자격은 국내 대학에 재학 중이고, 소득 8분위 이하이며, 성적 기준을 충족하는 사람이다. 성적 기준은 B 학점 이상이며 기초, 차 상위는 C 학점 이상이어야 한다. 국가 장학금 Ⅱ유형은 대학과 연계하여 지급되는 장학금이다. 그렇기 때문에 대학에 다니고 있는 대학생들만 지원할 수 있는 장학금이라고 할 수 있다.

Ⅰ유형은 학생이 직접 지원한다. 지원 자격은 대한민국 국적으로 국내 대학에 재학 중인 학자금 지원 8구간 이하 대학생 중 성적 기준 충족 자로, 해당 학기 국가 장학금 신청 절차(가구원 동의, 서류제출)를 완료하여 소득수준이 파악된 학생이다.

Ⅱ유형은 대한민국 국적으로 국가 장학금 Ⅱ유형(대학 연계 지원형) 참여 대학에 재학 중인 대학생 중 해당 학기 국가 장학금 신청 절차(가구원 동의, 서류제출)를 완료하여 소득 수준이 파악된 학생(학자금 지원구간 1~8구간 학생에 한하여 지원)이다. 우리가 흔히 알고 있는 다자녀 장학금도 이 Ⅱ유형이다.

학자금 지원 구간은 신입생, 편입생, 재입학생, 재학생으로 중복 지원은 되지 않는다. 수혜 횟수는 2년제는 4회, 3년제는 6회, 4년제 8회, 이런 식으로 6년제는 12회이다. 초과 학기 자와 단순 졸업 유예자는 수혜 횟수 범위 내에서만 지원이 가능하다.

② '사회 경험도 쌓고 장학금도 받고자 하는 인재들의 희망을 지원한다.'는 국가 근로 및 중소기업 취업 연계 장학금은 교내 근로 장학생 등에게 지급해주는 장학금이다.

③ '대한민국의 미래, 준비된 우수 인재들의 꿈을 지원한다.'는 국가 우수 장학금은 이공계 학생들에게 지원해준다. 1학년 대상으로 하는 성적 우수 유형과 3학년 대상의 재학 중 우수자 유형이 있다. 이진이가 받은 이공장이 여기에 속한다.

④ 푸른 등대 기부자의 의도를 반영하여 다양한 분야의 저소득층 우수 학생을 지원하는 사업인 푸른 등대 기부장학금도 있다.

교내 장학금은 다양하다. 학교마다 다르고 학교 내에서도 장학금 종류에 따라 다르다. 그래서 본인 학교 홈페이지에 들어가서 확인해봐야 한다. 학교 홈페이지에 가서 '학사지원'이라는 목록에 들어가면 '장학금'이라는 목록이 있다. 현재 모집 중인 장학금 혹은 모집 예정인 장학금이 모두 게시돼 있다. '성적 장학금' '소득 분위 장학금' 등이 여기에 속한다. 꼭 학교 포털에 들어가서 내게 맞는 장학금이 있는지 확인해보길 권한다. 그리고 조건에 맞춰 서류 준비를 미리미리 해두었다가 지원해보자.

교외 장학금은 학교에서 주는 게 아니라 외부 기관에서 주는 장학금을 말한다. 예를 들어서 국가 기관이라든지, 대기업, 또는 아예 잘 알려지지 않은 곳에서도 받을 수 있다. 알려지지 않은 곳에서 주는 장학금을 받으려면 역시 학교 홈페이지에 들어가서 확인을 해봐야 한다.

이 밖에도 어떠어떠한 장학금이 있는지 알려주는 사이트가 있다. 그 예 중의 하나가 바로 '드림 스폰'이라는 사이트다. 여기에 들어가 보면 지원하는 방법, 지원 자격, 모집 대상 같은 것 등이 자세하게 잘 나와 있다. 이곳에는 대학생을 위한 장학금뿐만 아니라 초, 중, 고등학생, 대학원생을 위한 장학금도 있다. 중, 고등학교 때와 달리 대학에서는 아무도 정보를 그냥 주지 않는다. 본인이 필요하면 스스로 여러 홈페이지를 들락날락하면서 많이 찾아봐야 한다. 이렇게 장학금을 주는 데는 주로 소득 분위나 성적을 요구하는 경우가 많다. 꼭 본인의 조건이 그 장학금에 맞는지 확인해보고 찾아서 지원해보면 좋겠다.

만약 배우고자 한다면 그 누구도 말릴 수 없다. 배우기를 결심만 한다면 아무도 막을 수 없다. 배우려는 의지만 있다면 배울 수 있다. 학비를 마련할 시간이 없고 경제적 어려움이 있다 하더라도. 장학제도와 장학금에 대해 적극적으로 찾아보고 지원만 한다면.

08

돈 안 들이고 해외 인턴십 다녀오기

*

온라인이나 디지털이 발달하면서 모든 것이 손안에 있는 세상이다. 그런데도 넓은 세상을 보기 위해 해외에 다녀오고 싶어 하는 사람이 많다. 국내에서 보는 세상과 확연히 다르다는 것을 알기 때문이다. 얼마 전, 같이 공부하는 친구 중에, 딸이 스페인에 교환 학생으로 간다고 했다. 그날이 출국 날이라고 했다. 다른 사람들은 이런 코로나 시국에 다녀와도 괜찮겠냐며 걱정했다. 정작 엄마는 걸릴 놈이면 벌써 우리나라에 있는 동안에 걸렸을 거라며 거기에 가서 걸리게 되더라도 그리 생각할 거라고 했다. 딸을 해외에 보내면서도 쿨하게 보내는 엄마가 멋지다. 짧은 기간이었지만 나도 우리 아이를 보낼 때는 쿨한 맘으로 보냈다. 다행히 요즘처럼 바이러스가 창궐하던 시절은 아니었기에 큰 곳에 가서 많은 걸 보고,

배우고, 느끼고 왔으면 하는 마음만으로 보냈다.

아이들의 눈을 틔워 주고 싶은 맘은 비단 나만 가진 생각이 아닐 것이다. 외국에 가서 엄마·아빠가 없더라도 알아서 살 수 있는 아이로 키우고 싶었다. 제대로 적응할 수 있는지 알아볼 기회이기도 했다. 아이도 스스로 잘 견딜 수 있는지 자신을 시험해보고 싶기도 했을 듯했다. 세연이는 대학 4학년 마지막 학기를 글로벌 인턴십으로 뉴욕에서 보내게 됐다. 집을 떠나서 지내는 걸 좋아하지 않는 아이였다. 더구나 외국에 나가는 것은 아예 생각도 하지 않았었다. 그런데 바로 이전 해인 대학 3학년 때, 학교에서 지원해주는 해외 리더십 프로그램(GLP)으로 보름 동안 북유럽을 다녀왔었다. 그 경험 덕에 해외에 대한 부담감이 덜했는지 해외 인턴십 프로그램에도 지원하여 뉴욕에 다녀왔다. 학교와 대학 교육협의회의 지원으로 가는 프로그램이었다. 개인 경비가 거의 들지 않는다는 조건이었다. 세연이는 해외 인턴십에 참여하고 싶은 마음만 간절했었나 보다. 상대국 쪽에서 원하는 인턴 조건에 맞아야 했는데 그 조건에 맞지 않았다. 억지로 맞춰보자니 포토샵을 잘하는 학생을 원하는 기관인 KALCA(Korean American League for Civic Action)가 그나마 세연이가 가기에 적당한 기관이었다. 포토샵을 따로 배운 적은 없지만, 책을 보며 연습하면 가능할 것 같다고 생각했기 때문이라고 했다. 책을 사서 혼자 연습했다. 그곳에서 원하는 정도의 실력을 갖추려고 여러 날 밤낮없이 노력했다. 나중에 그 기관에서 일할 때, 정말 포토샵을 전공하지 않은 게 맞는지 여러 번 물어왔다고 했다. 돈 들이지 않고 해외 인턴십에 다녀오고 싶은 마음에 더 열심히 준비했기 때문이었으리라.

이 인턴십 프로그램은 모든 대학에 있는 건 아니다. 학교마다 다르다. 또 지자체마다 다른 프로그램이 있다. 이 밖에도 돈 들이지 않고 해외에 다녀올 방법들이 있다. 워킹홀리데이와 교환학생 등이다. 워킹홀리데이는 여행 중인 방문 국에서 취업할 수 있도록 특별히 허락해 주는 제도를 말한다. 원래 해외여행 중에는 취업을 할 수 없지만, 여행하면서도 합법적으로 일을 할 수 있는 것이 워킹홀리데이다. 현지에서 일하여 부족한 여행 경비를 충당할 수 있다. 젊은이들이 새로운 세계를 알아볼 좋은 기회가 되기도 한다. 여행 목적인 경우에는 관광 비자를 발급받아야 하지만 워킹홀리데이로 가는 경우에는 관광취업비자로 받게 된다. 단기 관광 비자에 비해 장기적으로 현지 문화 체험을 할 수 있어 학생 비자나 관광 비자와 달리 여러 도시에서 그 나라 생활을 체험할 수 있다.

하지만 전 세계 모든 나라에 갈 수 있는 건 아니다. 특정한 나라들이 가능하다. 외교부에 따르면 2022년 현재 23개 국가 및 지역과 협정 체결되어 있다. 네덜란드, 뉴질랜드, 대만, 덴마크, 독일, 벨기에, 스웨덴, 아일랜드, 오스트리아, 이스라엘, 이탈리아, 일본, 체코, 칠레, 캐나다, 포르투갈, 프랑스, 헝가리, 호주, 홍콩, 스페인, 폴란드, 아르헨티나와 영국 청년 교류 제도(YMS)에 참여할 수 있다. 앞으로도 더 많은 나라로 확대해 나갈 예정이라고 한다. 나이 제한도 있다. 만 18세에서 30세까지이다. 체류 기간은 일반적으로 최대 12개월이지만 특정 조건 만족 시에는 호주, 뉴질랜드, 영국 YMS는 2~3년 동안 연장도 가능하다.

교환학생은 대학끼리 일정 기간 서로 학생을 교환하는 것을 일컫는다. 해외의 대학과 교환하는 경우는 유학의 일종이다. 일반적인 유학은 해당 학교의 졸업장 취득이 목적이지만, 교환학생은 단기간 수업만 듣고 본래 학교로 돌아오게 된다. 일반유학에 비해 기간도 짧고 비용도 훨씬 적게 든다. 유학은 개인적으로 숙소를 준비해야 하지만, 교환학생은 체류 기간에 묵을 숙소 등도 챙겨준다. 대부분 교환학생 기간의 수업을 본래 학교의 학점으로 인정해주기 때문에 졸업이 늦어지는 부담이 없다. 한두 학기 정도 해외여행을 다녀오는 느낌이 들기도 한다.

각 학교의 학생과, 국제교류처(원) 등에서 교환학생 파견하기 6개월~1년 전부터 교환학생을 모집한다. 대개는 레주메(resume)와 토플, 아이엘츠(아주 가끔 토익) 등 공인 어학성적을 기본적으로 요구한다. 현지에서 영어로 수업을 듣지 않는 일본이나 중화권 등은 현지 언어에 대한 공인 어학성적을 요구한다. 중요한 점은 귀국할 때 교환 학생으로서 취득한 학점을 인정받을 수 있도록 스스로 잘 챙겨 와야 한다는 것이다. 대부분 학교 당국끼리 서로 학점을 리포팅하지 않기 때문에 학기가 종료된 후 현지에서 성적표나 학적부를 받아 안전하게 잘 가져와야 한다. 현지를 떠나오기 전에 성적표나 학적부 등 성적자료는 여러 부 받아 오기를 추천한다. 학교에 따라 개인적인 경비의 차이가 있다.

이상에서 소개한 방법들은 돈 들이지 않고도 해외를 다녀올 수 있다는 점에서 학생들에게 많은 도움이 될 듯하다. 하지만 학교마다, 속해 있는 지자체마다 상황이 다르기 때문에 스스로 잘 알아보아서 내게 맞는 방법을 찾는 것이 바람직하다.

변화를 가져다주는 사람 또는 시간을 기다리기만 한다면 변화는 오지 않을 것이다. 바로 지금 나 자신이 내가 찾는 변화이다. 버락 오바마 미국 전 대통령의 말이다. 자기 자신은 아무것도 하지 않으면서 다른 사람이, 혹은 주변 상황이 바뀌기를 바란다는 것은 욕심일 뿐이다. 누구도 나를 위해 변화를 가져다주지는 않는다. 오직 나 자신만이 그 변화를 가져올 수 있다. 해외에 돈 안 들이고 다녀오고 싶다면 내가 찾아보고 알아보면서 나의 미래를 만들어 가보는 건 어떨지.

자기 주도적인
아이로 키우고 싶다면
아이들의 작은 경험을
기다려줘야 한다.

4차 산업혁명 시대에 맞는 아이로 키우려면

요즘은 '경험이 콘텐츠가 된다.'고 말들 한다. 작은 경험이건 큰 경험이건 그 경험에서 교훈을 얻고 그 교훈으로 콘텐츠를 만들면 된다. 초등학교 3학년과 유치원생이었던 세연이와 영현이를 아이들만 기차에 태워 시골 할머니 댁에 보낸 적이 있다. 할머니 댁은 부안에서도 차로 20여 분을 더 들어가야 하는 곳이다. 부안은 기차가 닿지 않는다. 아이들을 태우러 작은 아빠가 김제까지 와야 하는 번거로움이 있었지만, 아이들끼리 갈 수 있다는 걸 느끼게 하고 싶었다. 아이들이 잘 도착했다는 전화를 받기 전까지 엄마에겐 기도의 시간이었다. 기차에 태워 보내기 전, 주의 사항을 말해줬다. 누가 말을 걸어도 대답하지 말 것. 혹시라도 누군가 불편하게 해, 겁이 나면 둘 중에 누구라도 큰소리로 소란을 피울 것. 될 수 있으면 화장실에 가지 않게 기차에 오르기 전에 화장실 문제를 해결하고 들어갈 것 등. 아이들이 멀미를 심하게 해서 어릴 적부터 기차로 시골에 자주 다녔던 터라 아이들은 걱정하지 말라며 기차에 올랐다. 2주 만에 돌아오던 날, 서울역 올라오는 에스컬레이터에 아이들 상반신이 보이기 시작할 때부터 엄마인 나는 코끝이 찡해졌다. 아이들은 그사이 훌쩍 커 있었다. 그때의 경험 덕인지 세연이는 대학교 때 같은 과 친구들로 팀을 구성해 북유럽의 교통체계를 연구하러 다녀왔다. 같이 가기로 한 친구들이 모두 불가능한 일이니, 포기하자고 했던 프로젝트를 기획부터 마지막 보고까지 잘 수행해냈다. 그 경험으로 이듬해 뉴욕 인턴십도 주관사의 지원 조건에 맞지 않았음에도 스스로 찾아 해결해 가며 기어이 다녀왔다.

교육이란 경험이다. 그 경험에서 무엇을 얻고 취할 것인지는 받아들이는 사람의 몫이다. 학교에서든 학원에서든 교육을 받았다면, 아이 스스로 그 지식을 소화시킬 시간이 필요하다. 그래야 익혔던 것을 내 것으로 만들어 필요할 때 꺼내 쓸 수 있다. 자기 주도적인 아이로 키우고 싶다면 아이들의 작은 경험을 기다려줘야 한다. 아이의 행동이 서툴고 답답하더라도 어른은 속으로 심호흡하며 기다리면 된다. 아이가 자기 주도력을 갖는 데는 이 기다림의 시간이 절대적으로 필요하다. 혼자서 지식을 소화해낸 아이는 자존감도 높아진다. 스스로 해내겠다는 의지력도 생긴다. 심호흡 몇 번으로 기다릴 수 있는 시간을 견디지 못해 아이가 해내야 할 일을 대신하게 된다면 아이는 자신의 날개를 잃게 된다. 나비가 스스로 고치를 찢고 나오지 못한다면 날지 못하게 되는 것과 같다. 날개는 엄마가 만들어주는 것이 아니다. 아이 스스로 만들어야 한다. 그래야 멀리, 높이 날 수 있다.

아이 스스로 계획하고 공부할 수 있는 능력과 습관을 만들어야 한다. 공부 습관은 단순히 공부하는 것만을 일컫는 것이 아니다. 공부할 수 있는 체력을 갖추고, 학습계획도 짜며, 예습·복습하고, 독서도 하면서 자신에게 맞는 시간 관리를 하는 것까지이다. 체력, 계획 짜기, 예습·복습, 독서, 시간 관리를 유기적으로 잘 할 수 있도록 처음에는 부모나 전문가가 관심을 갖고 도와줘야 한다. 체력 관리를 위해서는 꼭 전문 기관을 찾을 필요는 없다. 집 앞에서 줄넘기를 해도 좋고, 계단 오르내리기를 해도 좋으며, 여건이 된다면 주말에 등산을 해도 좋다. 아이가 공부하는 데 체력 저하로 집중을 못 할 정도가 되면 안 된다는 뜻이다. 체력 관리, 꾸준히 하는 것이 좋다.

계획 짜기는 처음엔 도와줘야 한다. 학교 다녀온 후, 혹은 학원 다녀온 후 아이가 활용할 수 있는 시간이 어느 정도인지 먼저 파악하고, 그 시간을 어떻게 효율적으로 사용할지 아이와 얘기 나눠본 다음 계획을 짠다. 계획을 짜는 것도 중요하지만 지키는 것이 더 중요하다. 이를 지키기 위해서 알람을 설정할 수 있도록 하면 좋다. 알람 설정은 핸드폰이 아닌 알람 기능이 있는 시계로 하는 것을 추천한다. 또 계획은 너무 촘촘하지 않게 짠다. 쉬는 시간이나 아이가 충전할 수 있는 시간도 계획에 넣어야 한다. 공부 습관은 이렇게 잡힌다.

봉사 활동도 중요하다. 봉사 활동을 하면서 스스로를 돌아볼 수 있는 시간을 가질 수 있다. 또 자신만이 아닌 다른 사람을 생각하고 배려하는 마음도 생긴다. 자기가 가진 능력을 나눔으로써 생기는 보람도 느낄 것이다. 학교나 학원에서 배울 수 없는 다양한 사회 체험을 통해 사회에 필요한 지식이나 기술을 얕게나마 습득할 수도 있다. 더불어 자기 존중감도 생길 수 있다. 또한 자신이 가고자 하는 진로 선택의 기회가 될 수도 있다.

자기 주도력에 독서가 이루어진다면 아이의 창의성은 쉽게 따라올 수 있다. 우리 아이는 앞으로 AI와 같이 생활해야 한다. 자기 주도적으로 생활하며 문제 해결력도 키우고, 봉사 활동을 통해 다른 사람과 어우러지는 삶을 산다면, 4차 산업혁명 사회에서 살아가는 데 손색이 없을 것이다. 문제가 생겼을 때 창의적으로 해결하는 능력과 주변 사람들과 함께 어우러져 살 수 있는 것. 앞으로의 세상이 원하는 능력이다. 그런데 이런 능력은 어느 날 갑자기 생기는 것은 아니다. 오랫동안 차곡차곡 쌓아야 하는 능력이다.

어릴 적부터 가족봉사단 활동을 했던 하정이와 이진이는 다른 사람이 어려움을 겪고 있을 때 그냥 지나치지 않는다. 하정이는 야간 자율학습 끝나고 밤늦게 하교하다가도 길고양이가 차에 치인 것을 보면 꼭 120에 전화를 걸어 그 사체를 치우는 걸 보고 돌아왔다. 이진이는 초등학교 5학년 때 지금 사는 동네로 전학을 왔다. 전학 온 지 며칠 되지 않아 같은 반 친구가 목발을 짚고 다니는 걸 보고 계단을 오르내릴 때 가방도 들어주고 부축도 해주곤 했다. 나중에 그 친구와 친해진 후, 그 아이의 엄마를 만났을 때 들은 얘기다. 전학 온 지 며칠 안 된 아이가 그렇게 도와주는 걸 보고 수상하게 생각했다고 했다. 혹시 사심이 있을지 모르니 조심하라고 가족들이 그 친구에게 주의를 주었다며 멋쩍게 웃었다.

교육을 통해 얻어야 하는 것은 좋은 대학, 좋은 직장이 아니다. 어려운 문제에 맞닥뜨렸을 때 최선의 방법으로 해결하는 능력을 갖추는 것이다. 문제를 파악할 수 있는 눈을 갖고 스스로 해결할 수 있는 계획을 세워 실행할 수 있어야 한다. 그래야 어려운 일이 생겼을 때 쉽게 포기하지 않고 담담하게 걸어갈 수 있다. 작은 어려움도 쉽게 포기해버리는 요즘 아이들, 혼자 할 수 있는 힘을 갖게 기다려보자. 우리 아이에게 씨앗을 뿌려보자. 그 씨앗이 훗날 좋은 열매를 맺을 수 있도록. 뿌려두지 않으면 거둘 것도 없으리니. *